大好きな町に用がある

角田光代

角川文庫
23039

目次

大好きな町に用がある　7

角田光代の旅行コラム　151

大好きな町に用がある

まるで出番なし

　東京を旅する外国人を見かけると、私はほんの少し、みがまえる。その外国人がガイドブックを手にしていたり、駅の看板にじっと顔を近づけていたりすると、さらに背筋をのばしてみがまえる。何か役にたちたいのである。とはいえ、「メイ　アイヘルプ　ユー？」と自分から訊《き》きにいくことが私にはできない。どうしてもできない。だから、念を送る。わからないことがあれば私に訊いて。できれば私にわかることを訊いて。できれば私の聞き取れる速さの英語で訊いて。

　善を為《な》す行為のようだが、私が為したいのは善ではない。私は借りを返したいのだ。旅先で、数えきれない人たちに作った数えきれないほどの借りを、「今目の前のあなたに」返したい、という気持ちになるのである。善を為すより、もっと焦っている。返さないとたいへんなことになるような気がしている。

　ひとり旅をはじめて二十年以上たった最近、気づいたのであるが、私は旅が下手だ。

こんなに続けてもうまくなっていない。空港から市街地にいくのにおたおたし、ガイドブックがあるのにAという町からBという町に移動するのに異常なくらい迷う。二十年以上、自分がおかしいと気づかなかった。みんな、こうして無駄に迷いながら、ひとり旅をしているのだろうと思っていた。

ガイドブックはまず役にたたない。地図を読めないし、困った事態になると私の脳《のう》味噌《みそ》は勝手にフリーズして、どんな文章も時刻表も読めなくなる。となると、頼れるのは人しかいない。そんなわけで、私は二十数年前から現在に至るまで、旅先で、それはもう無数の知らない人に声をかけまくってきた。なんでも訊く。何回でも訊く。大げさに言えば、どの旅からも無事帰り、今私がここで仕事をしているのも、その人たちのおかげだと思うこともある。

たいていの人はごくふつうに、ただしい道、ただしい方向、などをさらりと教えてくれる。ときおり、こちらが戸惑うくらい親切な人がいる。「○○いきのバス（列車）に乗りたいが、ここで待っていたらそのバスはくるか」と訊いた人が、そのバスをいっしょに待ってくれる。自分はほかの用事があってたまたまそこに居合わせたり、まったくべつのバスを待っていたりするのに、である。そういう人に私は十人以上会ってきた。なかには一時間ともにいてくれた人もいる。バスにいっしょに乗りこんで、私の降りたいバス停でいっしょに降りて、さっきの場所まで戻っていく人にも会ったことがある。

貧乏旅行をしているとき、たまたま会った日本人のお坊さんが、レストランでごはんをおごってくれたことがあった。ネパールのカトマンズだ。ちゃんとしたレストランに、その旅ではじめて入った。別れ際、ありがとうございますと言うと、「あなたがもっと年をとったら、若い旅行者におごってあげるといい。それがカルマだから」と言ってお坊さんは笑っていた。

自分の暮らす東京の町に戻って、旅する人を見ると、そうした名前も知らない人々の顔がずらりと浮かぶ。自分が助けてもらったのだから、困っている旅人は助けなさいと、彼らは無言の圧力で私に告げる。それがカルマだと、あのお坊さんの言葉まで全員が口にする。

この夏、都心にいくたび、外国人観光客の多さにびっくりした。ほんの数年前は、旅行者はこんなに見かけなかった。東京は観光地になったのだなあ。

所用があり、こだま新幹線に乗った。私の隣と通路を挟んだ二席、三人連れの外国の方が座った。頭にヒジャブを巻いた女性、お相撲さんのような体格の男性、そして黒ずくめの女性。友だちかきょうだいか、みな若い。席番号を確認して座り、列車が動きはじめると、私の隣に座った女性が本を読みはじめた。アラビア語の本である。新横浜《しんよこはま》から乗ってきた親子連れが、この三人の座る席とチケットを見比べ、夫が「ここ、ぼくたちの席なんだけど、チケットありますか?」とこのアラブ人らしき人たちに英語で訊いた。彼らはチケットを出す。それを眺めていた夫、「うーん、これ、のぞみのチケットだ」とつぶやき、あなたがたは違う列車に乗ってしまったと説明をはじめる。奥さんも、片言英語で、それはのぞみで、これはこだまだ、と伝えている。三人は、英語は解するものの、彼らの言っていることがわからないらしい。ぽかんとして席を立とうとしない。

この一部始終を至近で見ている私がどれほど緊張してみがまえたことか。もし私が旅人だったら。のぞみとかこだまなんて言われてもわかんない。だって新大阪《しんおおさか》いきって書いてあったし。エクスプレスって、これだってエクスプレスでしょちがうの?どうしたらいいのよう。意味がわからなすぎて泣きそうになるだろう。この三人は泣きそうではないけれど、ぽかんとしている。

でもここ新横浜だから、次にのぞみに乗り換えるとなると名古屋《なごや》になるよ、どうしたらいいんだろう、とこの夫婦は通路に突っ立ったまま話し合い、「私乗務員さんを呼んでくる」と言って妻がべつの車両に向かい、「今スタッフの人がくるからだいじょうぶ」と夫は彼らに言い、空いているべつの席に子ども二人を誘導している。やがて、気の弱そうな若い乗務員が、妻とともにやってきた。まず、三人のチケットを確認して、それからこの家族連れに違う席でもいいかと尋ね、べつの指定席を用意し、彼らを移動させた。そして何かパンフレットのようなものを開いて旅行者三人に見せている。私もすっかり旅人気分で、身を乗り出して見ると、のぞみとひかりとこだまの停車駅と所要時間が、英語表記されているようだった。そして乗務員は単語をつなげただけで、「あなたがたは間違った列車に乗ってしまった、時間はかかるが目的地へはとりあえずいくので、乗っていてかまわない、席もこのままでいい」と伝えているではないか！　何が起きているのかわかった三人は、顔を見合わせて笑い出す。乗務員はてきぱきと切符を替え、三人に渡す。気の弱そうな彼の顔が、お地蔵さまに見えてきた。

「ここに座っていていいんですね」去る乗務員に、ヒジャブの女性が念を押すように訊いた。オーケーオーケーと彼は答える。サンキューベリマッチ、と三人が彼の背に言った。

すごい。みごとだ。ここは自分たちの席だからと三人を立たせたりしなかったあの夫婦からはじまって、感動的なまでの対処。日本は観光地化したばかりでなく、人もまた、ホスピタリティ面で大きく変化したのだと思った。みがまえていた私なんて、まるで出番なし。カルマ使えず。

はーっと息をつき、座席に落ち着いて、本を読んだりiPadを見たり、それぞれのことをはじめる三人とともに、私もはーっと安堵《あんど》して、ようやく駅弁のふたを開けたのだった。旅人を助けるつもりが、すっかり旅人気分である。

興味と縁

山とは不思議に縁がある。自分の意志とは関係なくかかわらざるを得ない何かを、私は縁と定義している。そう、私は山にちっとも興味がない。登りたいと思ったこともない。頂上にいって何をするんだろう？　とすら、思っている。こんなに山に興味がないのに、どういうわけか、けっこうな回数、山に登る羽目になっている。まさに「羽目」。これぞ縁である。

私の初登山はイタリアのドロミテにある山々だ。テレビの制作会社からトレッキングの依頼を受けた。トレッキングという言葉を知らなかった私は、ハイキングと勘違いしてのこのこと出かけ、えらい目に遭った。

みんなで温泉旅行に出かけたついでに、山に登ったこともある。温泉は奥鬼怒《おくきぬ》温泉、登った山は鬼怒沼山《きぬぬまやま》。登山もしますよ、と言われて出かけたのだが、私の目的は温泉だった。登山はあくまでもついで。だから、ジーンズとトレーナー、町歩き用のスニーカーという出で立《い》ちで出かけ、そのままみんなにくっついて山に登った。さんざんだった。すべって転ぶわ、みんなとはぐれるわ、途中から寒くてたまらなくなるわ、帰ろうと思うものの、今まできた道をひとりで下っていく徒労を考えると気が遠くなった。しかたなくてっぺんまでいって仲間を見つけ、いっしょに帰ってきた。

こんなふうに、何か奇妙なものに巻きこまれるようにしてしか、山に登ったことがない。そのように富士山《ふじさん》にも登り、大菩薩峠《だいぼさつとうげ》にも登った。

縁があるらしいとわかっていても、興味がないと、装備というものをしない。山がなんであるか、根本的にわかっていないのである。たとえばの話、すぐ近くにものすごくかっこいい異性がいても、興味がなければ、部屋着でも寝間着でも気にせず通りすぎることができるのと、同じようなものだと思う。興味があってはじめて、お洒落《しゃれ》するのである。

そんなことに気づいたのは、つい数日前のことである。

また、巻きこまれるようにして、つまり仕事で、秋田と山形のまんなかにある鳥海山《ちょうかいさん》に登った。標高二二三六メートルと最初から聞いていたし、ちゃんとした登山だ、とわかっていた。だからジーンズにスニーカーなんてことはなく、登山靴、登山用のズボン、雨のとき用のジャケットを着用していた。いや、山対策として、それしか用意しなかった。

帽子は見あたらないから持っていくのをあきらめ、トレイル用の手袋はすっかり忘れ、ランニング用のTシャツに薄手のジャンパーを着て、ハンカチもティッシュも忘れた（持参を思いつくこともなかった）。そしてとにかく私は重い荷物がいやなので、トレイル用のナップザックは持っているのに、それは持たず、ごく薄手のナイロンの、ワンショルダーの肩掛けバッグを持っていった。そのバッグに何を入れたかといえば、五百ミリリットルのミネラルウォーター二本、途中で買ったチョコレートとカリカリ梅、おにぎり二個、携帯電話、それだけである。

いっしょに山に登る人たちは、初心者でさえ、きちんとした登山用リュックを持って、帽子をかぶり、全身登山用の服を着ている。慣れた人はストックも持っている。そのリュックも、みんな馬鹿でかい。山に興味のない私は、そうした格好を、好き好んでしているのだろうと無意識に思っている。山っぽい格好をして、気分を盛り上げているのだろう、と。

登りはじめ、おもに登山に慣れた人たちが、私の荷物に驚いている。荷物、ちいさいっすね、ちいさいっすね、と言う。私はだんだん、ワンショルダーの、畳んだジャケットも入らないくらいのちっこいナイロン袋が恥ずかしくなってきた。だっていっしょに歩くみんなも、いきかうほかの登山客も、子どもも老齢の人もみんなみんな、ひとりの例外もなく、登山用の格好をして登山用のリュックを担いでいるのだ。

そうして、頂上に向かう五時間のあいだに、私はずっと後悔していた。どうして帽子をさがすでも買うでもなんでもして持ってこなかったのだろう。どうしてトレイル用の手袋を持っているのに、この絶好の機会に忘れるんだろう。どうして山小屋のトイレにはティッシュがないと学ばないんだろう。どうして手も洗えないと学ばないんだろう。汗を拭《ふ》くものが必要だと学ばないんだろう。

それにこの恥ずかしい、手ぶらのようなナイロン袋！　ワンショルダーだから肩が凝るし、ジャケットも入らないから腰に巻いておくしかない。食べものしか入っていないなんて、まるで子どもの遠足だ。いちばん悔やまれるのは、私はちゃんとしたトレイル用リュックも、登山用リュックも持っている、ということだ。持っているのにそれをわざわざ家に置いて、こんな袋を持ってきたのだ。

なぜこんなことが起きるのか、といえば、山に興味が持てないから、それに尽きるだろう。興味がないから何ひとつ学ばないのだ。

登山口に帰り着くまで、休憩も入れて十一時間歩き、みんなの格好や荷物が、気分を盛り上げるためのものではないことを知った。虫が多くなると、リュックから虫除《よ》けスプレーを出して私にも貸してくれた。休憩時にはウェットティッシュを出して、手拭きにと、これまた貸してくれる。山頂で、登山慣れした人たちは専用の器材で湯を沸かし、インスタント麵《めん》を作っていた。寒くなればリュックから上着を出して着ていた。暑くなればタオルを出して首に巻いていた。ティッシュがないと私が言うと、みんな予備のティッシュをくれた。岩場で膝小僧《ひざこぞう》を切る怪我をしたところ、医薬品ポーチのようなものを出した人にはびっくりした。そのポーチには、消毒薬、ガーゼ、各種サイズの絆創膏《ばんそうこう》、塗り薬、ほかには何かわからないようなものがたくさん入っていた。みんな、山で起こりうる事態を想定し、それに対処すべく、必要なものをリュックに入れて持ち歩いているのだ。食料しか入れていないため、帰りは抜け殻みたいになっている己のナイロン袋を、私は忌々しいような気持ちで眺めた。

山にいくら興味がないとはいえ、こんなにしょっちゅう（今年は二回目だ）山に登るくらい縁があるのだから、そろそろ私も、きちんと山と向き合おう。

次回山に登るときは、まずウェットティッシュはぜったいにいる、日焼け止め、ハンカチ、ティッシュも忘れるなかれと覚えておこう。すでに持っている手袋・リュックは持参必須《ひっす》、帽子も買おう、ちゃんとした登山服も買おう。あの湯を沸かすものもほしいが、それは尚早。私はようやく真剣に考えたのであるが、はたして次回までに覚えていられるかどうか。なんだかまた、同じことをくり返しそうな気がする。そのくらい、山に興味が持てないのだ。

トイレの日本化はあるか

日本という国は面倒見がいい。その面倒見のよさは、学校に似ている。学校が面倒見いいなどと、高校を卒業するまで私は気づかなかった。大学生になって、だれも何も教えてくれないからびっくりした。授業の選択のしかた、進級するのに必要な授業数、成績表の見かた、学校行事の参加のしかた、自分で知ろうとしないと、何ひとつわからない。

小学校から高校まで、おそらくとても面倒見のいい学校で、なんの疑問もなく面倒を見てもらってきた私は、面倒を見てくれない大学にひどく戸惑った。そしていくつかのことは、自分で知ろうとしないまま卒業した。私は未《いま》だに「単位」というものが何を意味するのかわからないし、成績表に書かれていた「F」が落第を意味すると、三十代になって知った。

日本で暮らしていると日本の面倒見のよさには気づかない。旅するようになってはじめて気づく。今からホームに電車が入って危険だから黄色い線の内側まで下がるように、とか、駆け込み乗車は危険だからやめて、なんて私の旅したほとんどの国が言ってくれない。せいぜい「気をつけろよ」くらい。電車が何々の理由で何分遅れます、振替輸送で無料になります、なんてことも教えてくれない。旅人は、待てど暮らせどこない電車をホームで待ち、重い荷物を持ち上げて駅員に訊《き》きにいき、理由もわからず「遅れている」とだけ言われ、「いつくるの？」と訊いても「知らん」しか答えてもらえない。電車に乗っても、次の駅名のアナウンスがないのもごくふつうのことだ。そればかりではない。傘を忘れないで。すべるから気をつけて。雨漏りするから気をつけて。鳩の糞《ふん》が落ちてくるから注意して。なんでもかんでも教えてくれる。お菓子やインスタント食品も面倒見がいい。辛すぎるから辛いものが苦手な人は注意して。汁が飛び散るから開けるとき気をつけて。あたためたら熱くなるからやけどしないように。乾物や調味料の袋がジッパー状になっているのも、あれもまた、ものすごい親切だ。

今暮らしている住まいに引っ越したとき、住まいも面倒見がよくてびっくりした。このドアを開けるとき物干しと接触するから注意するように。ここにものを入れすぎるとガス栓と接触して危ないから詰めこみすぎないように。鏡は曇ったらシャワーをかければよい。この戸を思い切り開けると壁にぶつかって危ない。等々、等々、至るところにシールが貼ってある。

　責任を回避したいという気持ちもあるだろう。私がよく乗るバスには、「危ないので、バスが完全に停まるまで席を立たないで」と貼り紙があり、走行中にうっかり立つと、「停まるまで立たないで！」とマイクで注意する運転手さんがたまにいる。これは、私の怪我を本気で案じているというよりは、勝手な行動で責任を押しつけられたらいやだから、そう言うのだろう。自己責任、という言葉を多くの人が大好き（と私は感じている）なのは、そのように無言で教えこまれているからだと私は思う。それは自由に伴う責任とは微妙に異なって、もっと「自業自得」に似ている。

　いや、しかし、やっぱりこの面倒見のよさは、責任回避だけではなくて、「面倒を見たい」という純粋な欲望も多分に含まれているのだろうと思う。なぜかはわからないが、この国は面倒を見るのが大好きなのだ。

　と、そんなことを考えるに至ったのは、居酒屋のトイレに於《お》いてである。トイレットペーパーの先が三角に折られてホルダーからぺろんと出ている、この現象こそ、私は日本以外で見たことがない。ドアのないトイレ、便座ではなく溝だけのトイレ、尻《しり》洗い用に盥《たらい》の水を置いてあるトイレ、四角い部屋に穴だけ開いたトイレ、各国でさまざまなトイレを見てきて思うのは、多くの国に於いてトイレは見下されている、ということ。それが言い過ぎならば、だいじにされていない。きれいなレストランのトイレでも、まず殺風景、床がびしょ濡《ぬ》れだったり、トイレットペーパーが床に転がっていたりする。日本の店のように、洗面所ではなくトイレの個室がきれいで、なおかつポスターや写真などが飾ってあるのは、見たことがない。日本では、昔々から便所には神がいるといわれてきたから、こんなにもきれいにしているのだろうか。

そして三角折り。用を足す人がとりやすいように、と面倒を見てくれているのである。が、トイレに入るたび、私は迷う。これを使ったあと、私も三角に折るべきだろうか？

酒を飲むと私はたいへんトイレが近くなる。友人がびっくりするくらい近くなる。混んでいるお店ならまだいいのだが、空《す》いたお店だと、私が入るたびトイレットペーパーが三角折りになっていることがある。私が入る、お店の人が清掃する（三角折りする）、私が入る、お店の人が清掃する（三角折りする）、私が入る……という状態になることがある。お店の人は私のためにえんえん、トイレットペーパーの面倒を見るわけだ。そのことに耐えられなくなり、いっそ、私が出るとき折ってしまえばいいのではないかと思う。実際、折ったことはある。でも、トイレの個室でトイレットペーパーを三角に折るのって、なぜだかすごくさみしい気持ちになるのだ。

人生において、こだわりもモットーもなく暮らしているのだが、ひとつだけ、自分に課していることがある。それは、居酒屋やレストランでトイレットペーパーを自分が使い切ったら、あらたなものを補充する、ということだ。トイレに入ったとき、トイレットペーパーが切れていて、「チッ」と思ったことが幾度かあって、よし、私は次の人のために補充するのだと決めたのである。これも、私のなかの無自覚的な面倒見のよさが発動しているのだろう。でも、今のところ、あたらしく取りつけるにとどめ、取りつけたペーパーの先を折ることまではしていない。

いつか、この三角折りを異国で見ることがあるのだろうか。見るとしたら、いったいどの国に於いてだろうと、ふと未来の旅に思いを馳《は》せてしまう。

時代も私も変わっていく

スペイン、イタリアの旅にいっていた。両国で、ほぼ同時に『八日目の蟬』が出版されたので、そのプロモーションで出かけたのである。スペインはマドリッド、イタリアはローマとボローニャ。

スペインははじめてかといろんな人に訊かれ、三度目だと答え、いちばん最初はいつだったかと勘定してみて驚いた。二十年も前のことなのだ。そのときマドリッドには滞在しなかった。三週間かけて、グラナダ、マラガ、セビーリャ、カサレスと移動し、ダリの住んだカダケスまでいった。私は二十七歳で、スペイン料理にもスペインワインにもさほど魅了されず、スペインの人々の魅力もわかっていなかった。

二度目にいったのはバスク地方。バスク地方はバル文化が盛んで、サン・セバスチャンの町には飲み屋がひしめいていた。これは五年ほど前で、このときしみじみ、二十代の私はおいしいものにまったく興味がなかったのだなあと思った。

そして今回、はじめてのマドリッドである。

正直な話、気が重かった。私がスペインを旅した二十年前、ものすごく治安が悪かった。バックパッカーのような旅をしていた私は、それまで一度もスリにも置き引きにもあったことがなかったのに、その旅ではじめて荷物を盗《と》られ、気味の悪い男にあとをつけられてこわい思いをした。マドリッドはもっと危ないと聞かされていた。それでもしかしたら、旅程から外したのかもしれない。

その後、スペインの首絞め強盗の話が急激に有名になった。二〇〇〇年前後、うしろから首を絞めて観光客を気絶させ、金品を奪うという事件が多発したのである。二十年前の旅のたのしい記憶は薄れ、マドリッドといえば超のつく危険地帯というイメージばかりが私のなかに根づいている。首を絞められたらどうしようと、思考はどんどん暗くなる。もともと私はネガティブなのだ。

マドリッドには夜着き、翌日、仕事は午後からだったので、ひとりで町を歩いた。歩き出してすぐに、何かおかしいと気づいた。何かおかしい、私の思い描いていたマドリッドではない。

まず陽射しが違う。こんなにきらきらした光に満ちた場所だと思わなかった。それから歩道も違う。ゴミも犬の糞も落ちていない。なんだかきれい。いきかう人の顔つきもおだやか。そして圧倒的な違いは、危険なにおいがまったくしないことである。

その町の治安の善し悪しというのは、感覚でわかる。はっきりわかる。とくにネガティブでびびりやの私は、たった五パーセントほどの治安の悪さでも敏感に嗅《か》ぎ取って、「ここはこわい」と感じる。その感覚がまるでない。どころか、ここはだいじょうぶと体じゅうの勘が告げている。

その日の夜、仕事相手の方に飲みに連れていってもらった。狭い通りにびっしりとバルが並んでいる。一軒の店に長居して飲むのではなく、ちょこっと食べて飲んでべつの店に移るのが、バルの通らしいと聞き、私たちもそのようにして飲んだ。時間が経過するにつれて、すべての店という店が混みはじめる。細い通りをいきかう人もどんどん増える。しかもみんな陽気である。十一時を過ぎているというのに、子どもを連れた家族連れもいる。この日は、バルセロナ対レアル・マドリッドのサッカーの試合があって、レアル・マドリッドが勝ち、みんな浮かれているらしいと聞いたが、それにしても大勢すぎるし陽気すぎる。

三軒目くらいに入ったバルは、満員電車そのものの状態だった。なのに人々はカウンターにいって現金で酒とつまみ一、二品を買い、人をかき分けて元の位置に戻り友人と食べ、飲んでいる。

私も人と飲むのが好きだ。立ち飲みも好きだ。コース料理なんかより、バルのつまみのほうが何倍も性に合っている。それでも、こんな押し合いへし合いした状態で飲むのはいやだ。この人たちはいったいどうしてこんなに密着しつつ、自分たちの話に没頭して飲んでいられるのか？　こんなふうに思うとき、私は異文化というものを感じる。何が苦痛で何がそうでないのか、というのは、ささやかなことながら、本当にその文化によってまったく異なる。

あまりの混雑に辟易《へきえき》してそこを出て、べつの店に飲みにいったのだが、この界隈《かいわい》、どんどん、どんどん、繁殖するように酔っぱらいが増えはじめるではないか。そうしてこんなに酔っぱらいがいるのに、というより酔っぱらいしかいないのに、まったく危険な感じがしない。スペイン在住歴の長い仕事相手の方によると、治安問題はずいぶん前に対処され、今はぜんぜん安全な町になったのだという。そういえば、私が学生のころ、ニューヨークもものすごく治安が悪いとされていた。立ち入ってはいけない場所まで指定されていた。でも、今はまったく安全な町だ。時代は変わる。こちらも、かつてのイメージをどんどん変えていかなくてはならない。

翌日、またしても空き時間に町を見て歩いていた私は、「市場」と名のついた一大飲み屋街を見つけた。倉庫のような巨大な建物に、魚介、生ハム、コロッケ、牡蠣《かき》、お惣菜《そうざい》全般、チーズ、とそれぞれ屋台があり、ワインを売る店がある。首から提げたトレイにグラスをのせて、ワインを売って歩く人もいる。なんなんだ、ここは！　まさに角打ち天国！　昼食を終えたばかりの私は、おなかが空《す》いていないことにがっかりしながらも、目を輝かせてあちこちの屋台をのぞいて歩いたのだが、それにしてもすごい人。それでもみんな場所を確保し、友人と夢中で話しながら飲み、食べている。喧噪《けんそう》や疲れや、人とぶつかる煩わしさなんてどうでもよくて、飲んで食べて話すことが、最優先の国なのだろう。おもしろいなスペイン、と、今回はじめて思った。そう思えてよかった。

記憶の住まい

好き嫌いとはべつに、相性のいい場所というものがある。そういう場所を訪れてはじめて、好き嫌いと相性は異なるのだなあと知った。これは友人関係でも恋愛関係でも同じではなかろうか。

相性がいい、というのは、たぶん自分にしかわからない。その相手といると楽、ストレスフリー、何も話さなくてもたのしい、その心理的な気持ちよさが、身体的に感じられる。場所も同じだ。その場にいると気持ちが楽、何もしなくてもリラックスしてくる、何もないのにたのしい。そのことが、何より体でわかる。

私は香港と相性がいい。香港より、タイやイタリアやメキシコが好きだが、それらのどの場所より香港とは相性がいい。空港に着き、両替したり、電車の切符を買ったりするのがもうたのしい。空港から市街に向かう電車に乗っていてもたのしい。しかも、興奮も緊張もしない、ちょうどいいたのしさ。

はじめて香港にいったのはもう十年近くも前で、それから仕事で一度、短い休暇で二度、訪れた。はじめていったときからすでにたのしかった。私はこの場所と合うなあと思っていた。

去年のこと、ホテルのフロントで部屋番号の書かれたカードをもらって部屋にいき、カードを差しこむがドアが開かない。何度やっても開かない。ちょうど廊下にいた従業員の中年女性に、「これ、開かないんですけど」とカードを見せた。彼女も幾度かカードを差しこむが開かない。そしてカードに書かれた番号をまじまじと見て、「やだ！　これ番号が違うわよ！」と笑い出し、笑いながらべつの部屋に私を連れていって ドアを開けた。なんのことはない、私が部屋番号を読み違えていただけなのだ。開いた！　と言って私たちは手を取り合わんばかりに笑い合った。どうもありがとうございました、じゃあね、と言い合って別れ、笑いながら部屋に入り、こういうことなんだとあらためて気づく。相性がいいというのは、こういう、本当につまらないなんでもないことに笑ってしまうようなこと。広東語もわからないのになぜかふつうに会話しているようなこと。

相性の悪い国だとどういうことになるか。ドアが開かない。従業員をさがす。従業員不機嫌。彼女がやるも、ドアは開かず。フロントにいけと言われる。フロントにいくが、カードに異常はないと言われる。もう一度試す。まだ開かない。泣きたい気分になったところで、カードの番号を読み違えていたことに気づく。静まりかえったひとけのない廊下をとぼとぼ歩き、ただしい部屋にたどり着く。そんな記憶も、三日後には忘れている。

一度、本気で香港に住むことを考えたことがある。

八年ほど前、香港にいった際、仕事関係で会った人たちが、ホテルに住む知人の話をしていた。中環にある五つ星ホテルの、ビクトリアハーバーが見える部屋を借り切って住んでいるのだという。賃料が月にいくらだとか、バスルームがビクトリアハーバーに面しているとか、そんな話が出たのだが、そのときは「へええ」としか思わなかった。旅から戻るとそんな話も忘れてしまった。

その数年後、個人的にものすごく大打撃をくらうできごとがあった。とうぶん立ちなおれないのではないかというほどのダメージだった。そのときすがるように思い出したのが、香港だった。あそこに逃げよう。そうだ、このダメージがやわらぐまで、あそこに避難していよう。

本当につらいとき、親しい人に会いにいこうと思うように、私はそう思った。以前聞いたホテル暮らしの話の詳細を思い出してみた。超高級ホテルで月にいくらと言っていた。ひと月の賃料はたしかに高価だったけれども、でも五つ星ホテルの一部屋と考えると、馬鹿みたいな値段ではなかった。実際払えない額ではなかった。永続的に払うのは無理だろうけれど、たとえば一年と期間を決めれば、可能だった。

そのとき私は東京で英語教室とボクシングジムに通っていた。どちらも休むのはいやだと思い、香港にある英語教室をさがし、ボクシングジムをさがした。東京の部屋は一年間どうしようか。とりあえず一度香港にいき、直接ホテルにいって話を聞いて住む段取りを決め、ジムや英語教室も見学してこよう。東京の部屋をどうするかはそれから決めよう。

相性のいい香港で暮らす自分はたやすく思い描けた。実際香港はとても近いし、すごく遠くに引っ越すという感覚ではない。その近さも、逃避にはすごくいいように思えた。何より、屋台で粥《かゆ》を食べたり、日本食材を多く売るスーパーで買いものをしたり、地下鉄をスムーズに乗り換えている自分を思い描くと、深刻なダメージのことを少し忘れることができた。

しかし結局、私は引っ越すことはなかった。そんな夢想をしている直後、東京にいなければならない、よんどころない理由ができたのである。東京にいればいたで、次から次へと仕事が押し寄せて忙殺され、忙殺されているうちに、ぜったいに癒《い》えないだろうと思っていた傷にはいつのまにかかさぶたができて、そのかさぶたもはがれていた。時間はすごい。いや、仕事はすごい。

けれども香港逃避のことは、今もふっと思い出す。あんまりにも強く、ほとんど念じるように思い描いていたから、住んだような錯覚があるのだろう。

数年前に友人が香港に引っ越して、昨年も今年も、彼女を訪ねて短い香港旅行をした。相変わらず香港とは相性がいい。ひとりでも、友人といっしょでも、笑ってばかりいる。映像を早回ししているような速いエスカレーターを見ているだけで笑えてくる。そのエスカレーターで地下鉄の駅に下りながら、人でごった返す交差点を渡りながら、乱暴なバスに揺られながら、ああ、住んでいたかもしれない町だと、名残惜しいというよりは、不思議になつかしいような気持ちで思う。

プノンペン発、シアヌークビルいき

正月三日の深夜から五日間、短い旅に出た。いき先はバンコク経由のプノンペンである。

アンコールワットに近いシェムリアップではなく、プノンペンを目的地にしたのは、この国でいちばん大規模なキリングフィールドがあるから。その場所にいくことを、私はずいぶん長いこと願ってきた。

ずっといきたかったその場所と、博物館として公開されているトゥール・スレン収容所を一日かけて訪れ、その翌日、プノンペンの町をあてもなく歩いた。残りの数日をプノンペンで過ごしてもいいけれど、べつの場所も見てみたいとふと思い、ガイドブックでどこにいけるか調べた。シアヌークビルというリゾート地なら、バスで四時間と書いてある。よし、ここにいこうと決めた。

翌日、バスターミナルにいくと、ちょうど十五分後に出るバスがある。切符を買ってバスの到着を待つ。シアヌークビルにいくらしい観光客や地元の人たちがちらほらと集まってくる。黙って待つ人もいれば、停まっているバス一台一台に「シアヌークビル？　シアヌークビル？」と訊《き》いてまわる人もいる。バスターミナルの売店に飲みものを買いにいく人もいれば、煙草を吸って待つ人も。

ようやくシアヌークビルいきのバスが到着し、人々は荷物をトランクに入れ、車掌さんにチケットを見せてバスに乗りこんでいく。

私もそのようにして乗りこみ、チケットに記載された座席にいく。案の定すでにだれか座っている。こういうときはチケット番号を確認せず、好きな席に座る輩《やから》がかならずいるものだ。その人にチケットを見せると、おお、悪い悪い、番号があるのか、というようなことをつぶやきながら自分の席へと向かった。

定刻を十分ほど過ぎて、バスは出発した。信号が極端に少なく、車線もなく、両車線、はては斜めから横から、オートバイも自転車もトゥクトゥクも自家用車も大型トラックもバスも入り乱れて走るのが、カンボジアの日常的な交通事情のようである。ちょっとでも渋滞すると、こまわりのきくオートバイやトゥクトゥクは歩道にのり上げて走る。あちこちでクラクションが鳴り響く。当然バスは遅々として進まない。窓の外の、ほとんど動かないプノンペンの町を見ながらうとうとし、はっと気づくと出発してから二時間ほどが経過し、とうに町を抜けていた。窓の外は緑の木々と、その向こうに赤茶けた大地、さらに向こうに稜線《りょうせん》が続いている。バスの前方上部に取りつけられたテレビがビデオ映画を上映している。カンボジア映画なのか、カンボジア語に吹き替えられたアジア映画なのかは私にはわからない。

このバスに同乗している人たちを、思い出せるかぎり思い浮かべてみる。いちばん目立つのは（発音から察するに、おそらく）アメリカの若者三人組だ。タンクトップに短パンの男性二人は、露出している首と顔以外の肌にすべて入れ墨を入れている。東南アジアをまわっていて、タイのカオサンあたりで入れてきちゃったんだろうなあ、と思うような、マリア像、太陽、蝶《ちょう》、梵字《ぼんじ》に幾何学模様が腕もすねも覆っている。ポニーテールに結った男のほうは二の腕に五行ほどびっしりとタイ語の入れ墨が入っている。彼らプラス女の子の三人組は陽気で、バスに乗る前からたのしげだった。それから驚くほどうつくしい、長い黒髪の女の子と、あまりさえない男の子のカップル。バスに乗る前も乗ってからもずーっと何か食べ続けている欧米の中年女性二人。丸裸の赤ん坊を抱いたカンボジア人の若い夫婦。自分の家に帰るのだろう、カンボジア人の男性ひとり客数人。リゾートにいく気まんまんの格好をした若い女の子二人組。そして運転手と、少年のような車掌。

もしこのバスに何かあったら――人里離れた場所でエンストしたら、大雨が降って先へもいけずあとへも戻れなくなったら、宇宙人的なものに襲われたら――、私はこのバスに乗っている人たちと協力してがんばらねばならないのだ、と思う。入れ墨三人組は、いかにも軽薄に見えるが、そういうときに意外にいろんなことをこなすような気がする。カップルは喧嘩《けんか》するだろうなあ。赤ん坊はみんなで守らないといけない。いちばん役にたたないのは、ずっとものを食べている中年女性と、私くらいだろうなあ。

異国の旅で、何時間かかけて移動するバスに乗ると、昔から私はこんなことをよく考える。たまたまその日、その時間、そのバスに乗り合わせただけの、何も起きなければ、言葉を交わすことも再会することもない人たちが、ともに何かすることになったら、どんなふうなんだろう。バスに乗り合わせただけでは見えないものが、次々と出てくるのだろうし、思わぬ人と親しくなったり仲違《なかたが》いしたりもするのだろう、などと。

そんなふうに考えていると、今までに会ってきただれ彼の顔が次々と浮かんでくる。あんなに親しかったのに今ではもう会うこともない友だち、会うことはまれだが縁の切れない友だち、ずいぶん長いことともにいた恋人、旅先で会って仲よくなった人、二十年以上もいっしょに仕事をしている人、この世界からいなくなって、二度と会えない人たち……。異国のバスで乗り合わせるより、もっと必然的で、もっと濃く、もっと縁ある人たちばかりだが、でも、時間を俯瞰《ふかん》してみたら、そんな私たちもほんのひととき同じバスに乗り合ったようなものなのかもしれないと思うのである。当然ながら人生のルートは、プノンペン―シアヌークビルよりずっと長くて入り組んでいて、乗り換えが何回も必要な上、しょっちゅうバスはエンストを起こし道に迷い、宇宙人の奇襲を受ける。ただ乗客であるだけの私たちは、だからたがいに知り合いになり、力を合わせて前に進もうとし、思わぬ人を好きになったり嫌いになったりし、でも自分の乗り換え地点がきたら、みんなに手を振って別れる。そんなふうに、私たちは生きているのではないか。

……などと考えているうちに、エンストにもならず何ものに襲われることもなく、バスはシアヌークビルらしき場所に着いた。トゥクトゥクの運転手や安宿の客引きが、バスをわっと取り囲む。私と数時間ともに過ごした人々は、みんなそれぞれ、自分の目的地に向かってしっかりとした足取りで歩み去る。

思いというより、願い

正月休みに訪れたプノンペンで、はじめてひったくりにあった。

プノンペンに着いたとき、チェックインしたミニホテルのフロントにいた青年が、出かける私と夫を呼び止め、「かなしいことに、プノンペンの治安は以前よりずっと悪化しています。いちばん多いのはバイクで鞄《かばん》をひったくっていくもの盗《と》りです」と説明し、私の肩掛け鞄を指して、「そのタイプが危ないから、荷物はぜったいこうして前にして両手で持ってください。歩くときは車道側ではなく、建物側すれすれを歩いてください」と言い、つい最近被害に遭った宿泊客についても話してくれた。

ずいぶん親切な人だなあと思いながらその話を聞き、おもてを歩くときは青年の言うとおりにしていた。無茶苦茶な駐車で歩道が歩道の体を成していないプノンペンの町は、けれどさほど物騒ではなく、人が多く活気はあるがのどかなものだった。でもまあ、用心に越したことはない。

私はもの盗りの類《たぐい》にあったことがない。ひとり旅をするようになって二十年以上、訪れた国は四十カ国以上になる。くり返し訪れる国もあるから旅回数は単純に計算しても数はもっと多い。それなのに一度もない。

一度だけ、スペインのコスタ・デル・ソルで盗られたことはある。ひとりで泳ぎにいき、ビーチに荷物を置いて海で泳ぎ、戻ってきたら荷物がなかった。その鞄に入っていたのは、日記と腕時計（安物）、小銭入れくらいだったが、それでもはじめて盗られたわけだから、たいへんなショックを受けた。今考えれば、荷物をそのままにして何十分もその場を離れて、帰ってきて荷物が無事なのは日本くらいだろうとわかる。そのほうが異様なことなのだ。でもそのときはわからなかった。ひどい！　なんで！と嘆いた。その後は当然ながら、どんな軽いものでも荷物は放置しないようになった。

一度も経験のないものは、世のなかに存在しないと無意識に信じてしまう。ぎっくり腰になる前は、友人たちからその名を聞き症状を知っていても、自分とは無関係だと信じている。我が身に起きたときに、だからびっくりするのである。

プノンペンで、混んだ市場や観光名所にいくとき、とりあえず注意していたが、でもやっぱり、一度もあったことのないもの盗りの存在を信じていなかった。

夕食後、ホテルのそばのバーに飲みにいった。ほとんどの店がすでに閉まっていて、ようやく開いているバーを見つけて入った。バーでは地元の青年たちがにぎやかに飲んでいたが、十一時を過ぎると彼らは帰り、客は私たちだけだった。

十二時をまわったころ、私たちも帰ることにして会計をすませ、外に出た。

街灯のほとんどない暗い道で、歩いている人はだれもいない。とはいえ、ホテルまでは二、三百メートルほどだ。夫が車道側を歩き、私は民家の塀沿いを歩いていた。無意識に注意していたのか、荷物はちゃんと塀側に持っていた。

一瞬のことだった。二人乗りのバイクが、私と民家の塀のあいだに割りこんできて、うしろに乗った男が肩にかけた荷物をひっぱったのである。咄嗟《とっさ》に私は荷物を抱きしめた。彼らはその一瞬であきらめて、そのままバイクで消えていった。

何が起きたのかわからずに、私と夫は顔を見合わせた。遅くまで飲んでいたとはいえ、私たちは酔っぱらってはいなかった。背後からやってきたバイクが、私と塀のあいだに入りこんだことにも驚いたが、もっとびっくりしたのは、なんの音もしなかったこと。神業のごとし。

それにしても、あきらめの早いもの盗りで助かった。バイクからひったくられる際に抵抗し、転んだり、引きずられたりしたという人の話を思い出して、急にこわくなる。

ホテルに戻って腕を見ると、鞄を盗ろうとした際に彼らの爪が食いこんだのだろう、腕の内側に薄く血のにじむような痕《あと》が残っていて、またまたぞっとする。この段になってようやく、ひったくりやもの盗りがいると本当には信じていなかった自分に気づいた。

はじめての自由旅行をしたとき、気づかず落としていた財布を届けてもらったことがある。バンコクからチェンマイに向かう夜行列車だった。深夜、食堂車から帰ってきて、二階の寝台に戻り、そのまま寝たのだが、翌日、寝台のカーテンを開けると、見知らぬ人が私の財布を持ってきて「これ、昨日落とさなかったか」と言う。昨晩食堂車から戻る日本人を見かけたので、今朝財布を見つけ、あの日本人の落としものではないかと思ったのだと彼は説明した。

私の旅観は、おそらくそれが基礎になっている。つまり人は善意の生きものであるとどこかで思っている。そうではない、とわかってはいる。そんなふうにかんたんに人を信じてはいけない。でも、それでも、という思いはどうしてもある。思いというより、願いなのだが。

もし鞄を盗られたら。お金をなくすことや、撮りためた写真を失うことは地団駄を踏みたくなるくらい悔しいし、もしパスポートが入っていたら、その後の手続きの煩雑さにげんなりするけれど、でも、いちばんいやなのはそうしたことではない。もの盗りにあったその町を、その国を、その旅ぜんぶを、思い出したくないくらい嫌いになるだろう。そして嫌いになったそのことに、私自身が傷つくだろう。そんなふうに傷つきたくはないのだ。こんなふうな考え方も、きっと、財布を拾ってもらったことに端を発しているのだと思う。

奇妙な話だけれど、手品みたいにあらわれたあのひったくりたちが、荷物を盗らずにあきらめてくれたことに私は感謝しているのである。町も旅も嫌いにならず、馬鹿な自分を笑える思い出が、ただたんにひとつ増えただけだから。

私的「はじめに言葉ありき」

うちには猫がいる。五年前に、漫画家の西原理恵子《さいばらりえこ》さん宅で生まれた子猫をもらったのである。アメリカン・ショートヘアという猫種だそうだ。私は犬種や猫種に疎くて、アメショーという種類が存在するのは知っていたが、こんな奇妙な模様だとは知らなかった。腹や額に梵字《ぼんじ》が書いてあるようだ。額の柄は、夜になると第三の目みたいに見える。

今まで鳥より大きな生きものは飼ったことがなく、いつか飼うとしたら犬だろうと思っていた。私は犬が好きなのだ。

それでもひょんなことから猫がきた。猫を飼うことがあるなんて想像もしなかった。五年たっても、家でくつろぐ猫を見て未《いま》だに不思議に思う。たぶん、不思議に思うのは、想像もしていなかったからだけではない。

猫について、だれにも、夫にも言っていないある思い出がある。

大学生のときのことだ。先輩が、あるたのみごとをしてきた。私にはずいぶん難題と思えるたのみごとだったので、「それを遂行したら、見返りとして、いったい何をしてくれるのか」と私は訊《き》いた。「なんでもほしいものをやる」と先輩は言った。そのとき私は「じゃあアメリカン・ショートヘアを下さい」と言った。当然ながら猫種に疎い私は、たまたまどこかで聞いた猫種を口にしただけで、その猫がどんな模様か、どんな性質か、まったく知らなかった。知っていたのは、ペットショップで買えば高価な猫だという程度だろう。「おう、アメリカン・ショートヘアだな。わかった、買ってやる」と先輩は請け合った。

そのとき本当に猫がほしかったわけではない。昔から犬派だったのだ。でもそんなふうに言ったのは、先輩のたのみごとを遂行するのは無理だ、と思っていたからだ。アメリカン・ショートヘアをくれと言った時点で「そんなの無理でしょ？　私も無理」と暗黙の内に伝えていたのである。おう、買ってやると言った先輩も、きっと本当に猫なんて買うつもりはなかっただろう。

そうして、こんなどうでもいい会話のこともそれきり忘れた。

猫がやってきて、思い出したのである。アメリカン・ショートヘア。あのとき、私が下さいと言った猫種ではないか。たんなる偶然の一致だとすますことのできない符合を、私は感じてしまう。梵字みたいな模様や、「ショートヘア」なのにちっとも短くない毛を見ては驚き、そして二十数年前、模様も毛も何も知らずにこの名前を言ったのだなあと感慨深く思うのだ。もしかしたら、私が先輩に言った言葉を神さまのような人が聞きかじって、二十数年後にふと思い出して、「そうそう、アメショーだったな」と、気まぐれに、猫がうちにくるよう取りはからったのかもしれない。

この話をだれにもしないのは、馬鹿馬鹿しいと思われるだろうからだ。ものごとに意味をつけすぎだと言われそうだからだ。

でも私は信じている。言葉にすると、現実のことになる。言葉にすればすべて実現する、というわけではないが、いくつかのことは本当になる。あのとき私が「フレンチブルドッグを下さい」と言っていたら、きっと今の猫はうちにこなかっただろう。

作家になりたい、と私は小学一年生のときに作文に書いた。三年生のときももう一度、夏目漱石《なつめそうせき》か松谷《まつたに》みよ子《こ》のような作家になりたいと書いている。その作文が残っているから覚えている。いつ作家になろうと思ったかと訊かれて、小学一年のときと答えると、すごい、とよく言われる。でも本当は、七歳のときからずーっと「作家になろう」と思っていたはずがない。七歳から三年生の九歳までは思っていたのだろう。でも十歳からそんなことはずっと忘れていて、十七歳で進路を決めなくてはならないときに、「そういや、作家になりたいんだったな」と思い出した、というのが近いだろう。

アメリカン・ショートヘアの話と種類が違うが、でも私のなかでは根本的なところで同じだ。作文に書いたから作家になった。書いていなければ、なっていない可能性のほうが高かったと私は信じている。

ここ数年、一泊、二泊のちいさな旅をするようになった。かつて一ヵ月ほど旅していたときは、一週間以内の旅なんて旅ではない、と思っていた。多忙のあまり、一ヵ月も旅することが時間的に不可能になって、一年に一週間程度の旅しかできなくなり、ようやく短い旅も旅としてたのしめるようになった。一泊、二泊なんて、若き日の私なら、その場所にいっていないも同然だと一笑に付しただろう。でも、今なら思う。一泊、二泊の旅という酔狂は、大人になったからこそたのしめるのだ。

十数人で飲んでいる席で、みんなで韓国にごはんを食べにいこうという話になった。去年のことだ。日にちを決めたけれど、無理だろうと思ってもいた。酔っているし、こんなに大勢で、土地勘のない場所に集まるのは無理だろう、と。決めた日にちが近づき、だれかが集合場所となる店を決めてくれ、いよいよ私も航空券を買った。その日ソウルに着いて、地図を頼りにまったく知らない町を歩いて指定された店にいくと、その十数人が集っている。おお、すごい！　感動した私はこのとき思った。言えば本当になるんだなあ、と。

今年もいこう、とだから私は進んで言った。はたしてまた、同じ顔ぶれがソウルのレストランに集まった。

そんなの当たり前だろう、と思うなかれ。言葉にして言わなかったら、実現しなかったはずだ。

私のなかで、アメショーの不思議も、作家という職業も、一泊のソウルも、ぜんぶおんなじ類《たぐい》の話なのである。

花を見上げる

家の近所に桜の名所がある。湧き水の出る公園と、その湧き水が川となって流れる川沿いの緑地。公園では池のまわりに桜が咲き、そこから続く川は桜のアーチで覆われる。

この公園と川沿いの道を、一年じゅう、週末ごとに走っている。三月の中ごろ、きりきりと冷たかった空気が少しゆるんできたころに、桜の枝の先にぽちりとちいさなつぼみがつく。なかなか花開く気配はない。あ、開いた、と思ったら一気に全開である。このスピードがものすごい。

桜を好きか嫌いかと問われれば、答えに窮する。うつくしいと思うが、なんだかこわくもある。こんなふうに恐怖心を煽《あお》る花はめったにない。奇妙な花だと思っている。でも、そのこわい花の下で、酒を飲まずにはいられない。

学生のときから毎年、律儀に花見をしてきた。花見、というのは私にとって花を見て歩くことではない。花の下で酒を飲むことを意味する。学生のころは大学の裏手にある山で、シートを敷き、大勢で酒を飲んだ。ほかの花見客と喧嘩《けんか》になったりして、いやだったなあ。大学を出てから、顔ぶれを変えながらもずっと花見を続けている。たいてい、だれかが主催してくれる花見に参加する。

一時期、自分で主催していたこともある。そのころも、今の家のそばに住んでいたので、花見会場は湧き水の出る公園だった。午後三時ごろビニールシートを広げて会場を作り、酒を飲みはじめる。私の学生時代からの友だちや、彼らの友だち、作家友だち、編集者、知っている顔も知らない顔も集まった。食べものは持ち寄りで、私はコンロと鍋《なべ》を持ちこんで、豚汁めいたものをよく作った。

ひたすら飲んで食べ続ける。帰る人がいて加わる人がいる。だれと何を話しているのかわからない。桜が風に舞ってひらひらと飛び交う。ゆっくりと空が群青色に染まりはじめる。飲んでいるせいで、寒さを感じない。ふと空を見上げる。

ぴたりと静止した花の群れがある。街灯に照らされているのか、花自体が発光しているのか、わからないほど花の周囲が明るい。数えきれない光の粒のような花が、時間を止めているかのように感じられる。こわい、と思うのはこういうときだ。わあ、なんだろう、この吸いこまれる感じ。

私主催の花見は何年かで途絶え、それからふたたび、友人主催の花見に参加するようになった。一時期、神田川《かんだがわ》沿いでずっと開催していた。やっぱりここにも、同業者、編集者、それぞれの友だち、何をやっているんだかわからない人、などが参加していた。たいてい、だれがだれやらわからないまま話し、もりあがり、そこで別れてそれっきりなのだが、ここではじめて会って今も親しくしている人もいる。

神田川沿いも桜の名所で、川沿いをずっと花見客が占拠する。それをあてこんで、宅配ピザがチラシを配る。屋外でピザを頼んで、それを受け取れることにびっくりした。最初にピザを頼んだときは、世のなかはどんどん進化していくのだと感激した。

この花見はあるときから急にやらなくなった。きっと主催していた人の仕事が忙しくなったのだろう。

最近は棋士の友人が主催する、棋士ばかり集まる花見にお邪魔している。会場は、やはり湧き水の公園。今年も指定された日に公園にいくと、大きなシートの上、すでに酔っている集団がいる。料理も並び、おびただしい数の酒が並び、空き瓶や空き缶は隅に片づけられている。さっそくシートにあがり、酒をもらい料理をもらう。二十年前となんにも変わっていないなあと思う。公園も、桜も、こうして酒入り紙コップを持っている私も。周囲はやっぱり知らない人だらけなのだが、それでも気がつけばなんだかんだと話している。ゆっくり日が暮れてくる。空を見上げる。花がやっぱり、暗くなる空を埋め尽くすかのように咲いている。ああきれい、そしてこわい。

桜の下でこんなふうに酒を飲むのは、この国で暮らす人だけだと思う。とはいえ、桜の咲き誇る異国の町を訪れたことは一度しかない。三月のアムステルダム郊外だ。アムステルダムの町なかでは、レストランではない場所で、ごくふつうの人たちが、テーブルを屋外に出して宴会をしている場面によく出合った。けれど友人夫妻の暮らす郊外にいき、桜の名所だという公園を案内してもらうと散歩している人しかいない。桜を眺めて酒を飲んだりものを食べたりはしていない。

花見客のいない桜は地味だった。もちろん私の偏見が見せる光景である。ただ、たわわに花の咲いた大きな木に見えた。もちろん花も、そのたわわぶりも、風に舞う花びらもうつくしい。うつくしいが、妖気《ようき》がない。こわくない。

とすると、夜、桜の下で酒を飲みながら、花を見上げ、こわいと思うあの気持ちは、純粋に、桜にたいしてではないのだろう。桜というものに長く自分が結びつけてきた印象や、読んできた物語、目にしてきた幾多もの花見と花見客、帰り道にひとりで見上げた桜、そのときの心持ち、そんなものがぜんぶいっしょになって、桜とともに目に映るのだろう。

そう思うと、この先、そろそろと紺に染まりつつある空を見上げ、静止した桜を見たときに、私の思う感情も「こわい」よりもっと複雑になっていくような気もする。三十年前の、二十年前の、昨年の、ひととき同席した名も忘れただれそれや、なぜかつきあいの続いているだれそれ、それから、もう二度と会えない人、そうしたものが桜の花の陰にちらちらと見え隠れするのだろうから。

「すばらしい」二種

旅の話をしていて、だれかが、「あの場所はすばらしい。ぜったいにいったほうがいい」と言う場合、ふた通りの意味がある。なんでもあってすばらしい、という意味か、なんにもなくてすばらしい、という意味だ。でも、人はこのふた通りの意味を解明しない。そんなにすばらしいならいってみよう、と単純に思ってしまう。「人は」というのはもしかして間違いで、「私は」だけなのかもしれないが。

ニューヨークがすばらしい、台湾がすばらしいというのは、なんでもあってすばらしい、ということだ。なんでも、というのは、繁華街も、飲食店も、遺跡も名所も、ときには自然もあってすばらしい。けれどモンゴルがすばらしいというのは、どちらかといえば、なんにもなくてすばらしい、だろう。

なんでもあるのと、なんにもないこと、どちらも等しくすばらしいと思える人もいるが、そうではない場合もある。なんでもあることが苦手な人もいるだろうけれど、でも、我慢できる程度だろう。なんにもない場所にどうにも堪えられない人のほうが圧倒的に多いはずだ。

なんにもない場所と最初から知っていれば、私はそうした場所が好きだ。たとえば二十五年前に十日ほど滞在したタイのタオ島。ここには海しかない。島内を移動するにも道がないから、ボートで島の外側をまわるしかない。電気は自家発電のみ。飲食店は、各バンガローが経営するところのみ。サーフィンもシュノーケルもダイビングもやらない私は、日がな一日浜辺で本を読み、泳ぎ、寝ていた。モンゴルだってなんにもないのだろうとわかっていていったから、そのなんにもなさ具合に感動したのだし、モルジブなんかは「なんにもしない」ことを目的に旅先に選ぶわけである。

けれど往々にして、なんにもないなんて知らなかった、ということがある。これに私は堪えられない。自分にとってのその代表格はメキシコのトゥルムである。カンクンから下ったところにある海沿いの鄙《ひな》びた町だ。

メキシコを旅した際、私はカンクンから入ってカンクンには寄らず、そのままトゥルムを目指した。当時、私が英語を習っていた英国人教師が「メキシコといえばトゥルム。この世でいちばんすばらしいところだ、ぜひいってほしい」と力説していたのである。

トゥルムだというバス停で降りるも、馬鹿でかい幹線道路が走っていて、店が数軒あるくらいで、なんにもない。海もない。ツーリストインフォメーションがあったので、海や宿はどこかと訊《き》くと、道路から垂直にのびる道をまっすぐいくと海に出るが、遠いのでタクシーでなければ無理だと言う。そんなはずはなかろう、と私は歩きはじめたが、三十分ほど歩いても海が見えてこないので、やむなくタクシーに乗った。タクシーは十分弱走って海沿いに出た。海沿いに、ずらりとバンガローが並んでいる。タクシーを降り、一軒ずつ、空き部屋はあるかと尋ねて歩いた。安宿から高級バンガローまで幅広く揃っているが、なぜかどこも満室で、一軒の高級バンガローによ
うやく空き部屋があった。

この海沿いの宿通り、土産物屋もレストランもない。宿通りを外れると、ただの海と海沿いの道が続く。バンガローに荷物を下ろし、海沿いの道を歩く。なんにもない。民家もゴミ箱もトイレも売店もない。海沿いの道を車が通っていく。ときどき車からだれかがハローと声をかけてくる。ハローと返す。それだけ。……退屈。夏なら海で泳げただろうが、まだ泳ぐには寒い。

周囲には、遺跡もある、マリンパークもある。でもどちらも、車かバイクかがないといけない。私はそのどちらにも乗れない。自転車も苦手。

バンガロー内の宿泊者向けレストランで夕食をとってしまうと、もうすることがない。海沿いの通りには、宿は連なるもののバーはない。バンガローのレストランも早々と閉まる。海は真っ暗。本当にすることがない。やむなく部屋で本を読んだ。夜は果てしなく長かった。翌日、タクシーに乗って遺跡にいった。でも遺跡見学を終えてしまうともうすることがない。昨日タクシーに乗った道を歩いてみた。幹線道路沿いにいくつかお店があったが、生地屋とか理髪店とかタイヤ屋といった、地元の人は用があるが、旅人は用のない店ばかり。日暮れどき、私はまた退屈しか待っていないバンガローに戻る。

ああ、あの先生の「すばらしい」はこういう意味か……と早くも一日目にわかっていた。このなんにもなさをこそ、あの先生はすばらしいと言っていたのだな。その町に三日も居座ったのは、「すばらしい」を少しでもわかりたかったからだが、わからなかった。その町からバスでメリダに向かい、着いたときには心底ほっとした。飲食店、公園、ホテル、土産物屋、スーパーマーケット、ゴミ箱、なんでもあったのである。降りそそぐような鳥の鳴き声すらもうれしかった。

非常におおざっぱにまとめてしまうと、公衆トイレもゴミ箱も飲食店もない、本当になんにもないところを心底「すばらしい」と言うのは、欧米人が多い。そしてどんなになんにもない、不便な場所でも欧米人旅行者はぜったいにいる。マリ共和国の、首都から八時間、がたがた道を走ったところにある村に仕事でいったとき、村にたった一軒のゲストハウスに欧米人旅行者が滞在していて、驚いたことがある。ここで何を……？　と訊くと、「えっ、何って旅を……」とのこと。

「なんにもない」がウリではないなんにもない場所を、たのしむことに長《た》けている人がいるのである。私はどんなすばらしい景勝地でも、土産物屋くらいは、いや、ビールを飲める飲食店一軒ほどは、いやいやせめて公衆トイレひとつほどはあってほしい。

つい先だって、カナダ人青年と話していたとき、メキシコの旅話になった。どこから入ってどうまわった？　と訊かれ、カンクンから入って、でもカンクンにもプラヤ・デル・カルメンにも寄らず、ちいさな町にいったんだけど……と話し、自分があの悪夢の町の名を忘れていることに気づいた。何という町だっけ、とつぶやくと、なんと彼が「トゥルム!?」と目を輝かせるではないか。「トゥルムにいったんだ、ぼくもいったよ、あんなすばらしいところはないよね！」と言う。

ああ、この青年の「すばらしい」は、私の「すばらしい」ではないのだなとあらためて思い、今度から「すばらしい」と耳にしたときは、「どんなふうに？」と確認すべきだと、今さらながら実感した次第。

もうひとつの世界

海の底の世界をはじめて見たのは二十四歳のときだ。それまで幾度も海にいったことはあるが、伊豆《いず》や九十九里《くじゅうくり》の海では海の底までは見えない。タイの離島、タオ島では、波打ち際に近いところでも魚の群れが見えるし、波打ち際からほんの数メートル進んだだけで、それはもうものすごい世界が見える。複雑にからまりあった岩や珊瑚《さんご》、たなびく海藻、そのなかを泳ぐさまざまな色とかたちの魚たち。

その景色に私は衝撃を受けた。地下帝国をたまたま見つけ、そこに住む地底人たちの暮らしを目の当たりにしたような気持ちだった。

そのくらい、海の底の光景は私たちの住む地上と共通点があった。いや、ビルがあるわけでもないし市場や教会があるわけでも、森や国境があるわけでもないのに、「海の底の世界がこんなに地上とそっくりだとは」と、私は思った。

シュノーケルの道具は持っていなかったので、水泳用ゴーグルだけで、私は一日じゅう海面を漂い海の底を眺め続けた。見飽きるということがない。まさに旅だ。異国にいって、未知の町に着き、大通りに面したカフェで一日でも座っていられるような、静かな高揚。

余談だけれど、あまりにも海の底に魅入られた私は、ずっとこうして横になっていたいと思った。横になって、というのは両手両脚をのばす格好で海面に漂う姿勢のことである。このままずっと海のなかを見続けていたい。その数日後、私はマラリアにかかり、病院もないその島のバンガローで一週間ほど起き上がれず、寝たきりになった。横たわったまま私はぼんやり考えていた。ああ、海であんなことを思ったから、その通りにしてやろうと神さまが思ったのだ。そして必死に願った。ごめんなさいごめんなさい、もう二度と横になったままでいたいなんて思いません。縦になりたいです。

やがて私も立つことができて、回復し、旅を続けたのだが、帰ってきて真っ先に魚図鑑を買った。あのときに見た魚をさがしては、これだこれだ、とよろこんだ。魚の名前を知りたいというよりも、垣間《かいま》見た地底人の実存を確認したいのだった。

その後も、透明度の高い海があれば水泳用ゴーグルのみで、飽きずに海に入った。地中海もインド洋も南シナ海もカリブ海も、海底を見るために浮かんだ。

ここ数年は休みもなく、海に向かう旅ができず、海底のこともすっかり忘れていた。海に入ったのも海底を眺めたのも、どのくらい前のことなのかもう思い出せない。

友人たちと八丈島《はちじょうじま》にいくことになった。目的は釣りなのだが、私は釣りに興味がない。早朝に釣り船に乗る彼らと別行動をすることにし、地元のダイビングクラブのシュノーケルコースを申しこんだ。いつも水泳用ゴーグルだった私には、はじめてのシュノーケルである。

先生となってくれるスタッフに、マスクとシュノーケルの使い方を習い、水着の上にウエットスーツを着、海に連れていってもらう。海に入り、スタッフの引っぱる浮き輪につかまって、魚のいそうなところに誘導してもらう。フィンで水を掻《か》くには掻くが、先生がうまく誘導し、移動してくれるので、海水をずっと眺めているだけでいい。

前日が雨だったせいで、海水は少々濁っていた。それでも海の底は見える。

ああ！　なんとなつかしい地下帝国。ビルや山並みのような岩、突起、煙のようにたなびく海藻。なだらかな坂、急勾配《きゅうこうばい》。渓谷、山脈。大都会、商店街、住宅街。そこを泳ぐ、地味だったり派手だったりする魚。かと思うと、海中をゆっくりと泳ぐウミガメがいる。八丈島の空港にはウミガメの大きな置物があるが、これもその置物ではないのかと思うくらい、ウミガメ然としている。見たこともない細長い魚がいる。四角い魚がいる。青くてうつくしい魚がいる。ちいさな魚の群れが、銀の背をきらめかせて通りすぎていく。

水泳用ゴーグルだと、息継ぎのために何度も顔を上げなければならないが、くわえた道具で呼吸ができるので、シュノーケルはずーっと海面に顔をつけていられる。これはすごい。ずーっと、本当にずーっと見ていられるのだ。地下帝国と、そこに生きる地下の生きものたちを。

言葉もなく、広がる海底の世界に見とれながら、私は自分に言い聞かせていた。ずっと横になっていたいなどと思ってはいけない、ぜったいにそんなことを願ってはいけない。

その日の夜、釣りにいっていた友人たちと、おたがい見たものについて話し合った。釣り組のひとりが、自分はシュノーケルが苦手なのだと言う。高所恐怖症のケがあるので、体がすくみ、しまいには酔ったように気分が悪くなるのだと言う。それを聞いて、なるほどと思った。海底が私たちの地上と同じとするなら、海面を漂う私は鳥の目線ということか。そう思ったらじわじわと感動してきた。そうか、鳥はあんなふうに私たちの世界を見ているのか。それはさぞや、たのしいだろうなあ。実際に足を着けてみれば、猥雑《わいざつ》だったり汚かったり、すさんでいたりするかもしれないけれど、高いところから俯瞰《ふかん》してみれば、きっと私たちの住む世界も海底と同じようにうつくしいのだろう。

これがあの……

スペイン北部を、ほんの数日間訪ねた。サンティアゴ巡礼の道をたどったのである。もちろん正しい巡礼者として歩けば一ヵ月以上かかるこの道を、すべて歩く時間的余裕はない。ところどころ歩いて、あとは車移動の、せわしない旅だった。

巡礼路はいくつもあるが、私がたどったのは、もっとも一般的な「フランス人の道」というルート。フランス側の、サン＝ジャン＝ピエ＝ド＝ポーが出発地になる。そこから、スペインのナバラ州に入り、カスティーリャ・イ・レオン州を横切って、ガリシア州に入る。最終目的地の大聖堂がある、サンティアゴ・デ・コンポステーラはこのガリシア州の端っこにある。

レオン州とガリシア州の境である、セブレイロ峠は歩くことができた。本当に気持ちのいい山道である。州境の峠に、巡礼者用の宿や、レストランやカフェの連なる、さほど広くはない一角がある。ここに到着したとき、ちょうどお昼どきだったのでみんなで食事をすることになった。

日本人のコーディネイターさんがランチメニュウを訳してくれ、みんなのぶんの注文をしてくれる。「それとはべつに、この地方の名物料理も一品頼んでおきました」と言う。

その名物料理が運ばれてきた。「この地方でよく食べる、タコのガリシア風です」と説明してくれる。

あっ、と声が出そうだった。

タコのガリシア風。

私が持っているいちばん古い料理本は、私が実家を出る二十歳のときに、母親がくれた分厚いものだ。もともとそれは母親の使っていた料理本である。今も手元にあるが、表紙がぼろぼろで発行年がわからない。たぶん八〇年代の半ば前後だろう。

家を出てから六年後、二十六歳になった私はその料理本をもとに料理を覚えた。そのなかにあったのである、タコのガリシア風が。

そんなに意識したわけでもない。なんだろうガリシア風って……。と思った程度で、みずから作りはしなかったし、そのうち忘れた。

ところが、ほかの料理本にも、タコのガリシア風は次々とあらわれるのだ。ガリシア風……。私はそのたびに、ちいさく「?」と思っていた。いや、それがどこかの地方の名前なのだろうとは思った。けれども、多くの料理本に当然のごとく載っている「タコのガリシア風」を、どの家庭でも、どのレストランでも見たことがない。

地名のついた料理はほかにもたくさんある。ナポリには存在しないというナポリタンスパゲッティ。北京ダック。ニース風サラダ。ベトナム春巻き。ニューヨークチーズケーキ。ミラノ風カツレツ。タイ風ソーセージ。みんな知っている。ナポリタン以外、家庭では出てこないが、レストランではその名を目にするし、食べる機会もある。ニース風サラダなんて、どこがニース風で、ほかに何風があるのかわからないが、でも茹《ゆ》で卵やじゃが芋やオリーブなんかが入っているサラダだとわかる。地名ではないが、娼婦《しょうふ》風パスタだってどんなものか知っている。

けれど、タコのガリシア風にはお目に掛かったことがない。ものすごく前から(昭《しょう》和《わ》の時代から)知っているのに、食べたことがない。「ガリシア」がどこなのか、だれなのか、なんなのか、わからない。

その、ガリシアが今目の前にいるのである。たしかに、料理本で見た写真と同じだ。茹でたじゃが芋といっしょにタコ。パプリカパウダーらしい赤いスパイスが振ってある。フォークで食べようとしたら、コーディネイターさんに止められた。タコは金気を嫌うので、楊枝《ようじ》で食べたほうがおいしい、というのである。たしかに料理とともに人数分の楊枝が用意されている。食べてみたら、あたたかいタコは驚くほどやわらかく、塩気がちょうどよくて、じつにおいしい。ああ、これが三十年近くものあいだ名前を知りながら出合わなかった料理……と、じつに感慨深かった。

もしかしたら、今までも、どこかでは見かけたかもしれない。スペイン料理店にいったことは何度もあるし、スペインを旅したこともある。ガリシア地方を旅したことはなかったが、それでもマドリッドのバルあたりで、このタコ料理が大皿に盛られていたかもしれない。おそらく私の目に入らなかったのだ。メニュウの名前としても、料理そのものとしても。そもそも私は、どこかでタコを軽んじている。タコがガリシアだってアレンテージョだってコネチカットだって、どうでもいいじゃないかと無意識に思っていたのかもしれない。

タコに本当に申し訳なかったと思う。ガリシア州にいるあいだ、毎回この料理を頼むほど私は夢中になった。あたたかい料理として出てくることもあれば、冷たいものとして出てくることもあり、また、当たり前ながら、おいしいタコのガリシア風とまあまあのタコのガリシア風があることを知った。

タコは、一度冷凍するとやわらかくなるらしい。それを解凍し、一時間くらい煮る。

茹でたじゃが芋とともに、オリーブオイルと塩で和《あ》え、パプリカをふる。二十歳のときから料理本で見ていたレシピを、はじめて現地で覚えたのであった。

夏の家族旅行

都内からほど近い観光地にいった。観光しにいったのではなくて、仕事で数日滞在したのである。時期は夏休み真っ最中である。

東京駅も、行楽に出かけるらしい人々で混んでいた。観光地もただしく観光客で混んでいる。駅前も混んでいるし、商店街も混んでいる。飲食店には行列ができている。土産物屋も混んでいる。駐車場も混んでいる。夏休み中の、学生グループ、若い男だけグループ、若い女だけグループ、合宿らしき大学生ふう、夫婦ふう、ちいさい子どものいる家族連れ、大きくなった子どものいる家族連れ、祖父母まで含めた大規模家族連れ、さまざまな形態である。

滞在中の数日のあいだ、外に出れば夏休み真っ最中である種々のグループと遭遇するわけだが、不思議なことに気がついた。子どもが乳幼児でも高校生くらいでも、家族連れはだれかしらが怒っていることが多い。商店街で駄々をこねて動かない子どもを父親が大きい声で叱る。ビールを飲みながら歩いているおとうさんを、赤ん坊を抱いたおかあさんが怒鳴る。大きな声で口論する両親を無視して、子どもがしゃがみこんでゲーム機をいじっている。高校生の娘がだれにたいしてか猛烈に怒っていて、両親が苦笑している。子どもが泣いて父親に抗議している。みんな疲れている。

怒っているだれかがたいてい大声を出しているので、その都度私は驚いてそちらを見ていたが、だんだん、猛烈な郷愁を覚えはじめた。知らない土地で、歩きたくないのに歩かされて、ほしいものを買ってもらえなくて、自分でも不機嫌をもてあましていた、ほんの六歳か七歳のときの気持ちを生々しく思い出したのである。そして思う。夏の家族旅行は、親にとっての義務だったのだなあと。

旅好きだったり旅慣れている人が親ならば問題ない。夢のようにたのしい家族旅行なのかもしれない。けれども旅慣れず、旅嫌いで、根っからのインドア派なのに、親だからという理由で、出かけなければならない場合も多いだろう。夏休みにどこにもいけない子どもは不憫《ふびん》だからだ。しかしそう思う家族たちがいっせいに出てくるわけだから、どこも混んでいる。道路も混んでいる。列車に乗ったら乗ったでやっぱり混んでいる。食事をするにも炎天下に並ばなければならず、子どもは不機嫌になり、親は苛《いら》ついて怒る。慣れていないから失敗もする。道に迷う、バスを間違える。父親に不手際があれば母親が怒るし、母親に不手際があれば父親が怒る。よその人が見ている。「あんなに大声で喧嘩《けんか》してる」と思っている。それもわかっているが、でも、怒ってしまう。そんな思いをしても、でも、決行しなければならない何ごとかなのである。夏の家族旅行とは。

子どものころの気持ちは昨日のことのように思い出せるけれど、同時に私は親の気持ちも痛いほどわかった。いやだったに違いないのだ。慣れない旅も、混雑も、私のような子どもをなだめすかすのも。ほんの一日、二日でも、耐えがたくいやだったろう。つい怒って、怒ったことに自己嫌悪を抱いていただろう。

旅行を終えて家に帰ると、母親は毎回「やっぱり家がいちばんいい」と言っていた。私はそれを聞き流していたが、なんとなく「旅もいいが、でも家がやっぱり落ち着く」という意味だと思っていた。でも、違うと今わかる。「旅はいやだ、心底家がいい」という意味だったのだ。「できるなら家から出たくない」という意味ですらあったろう。旅好きな私でも、家族を引き連れて炎天下に歩いたり並んだりするよりは、家にいたいと思う。私は心底、かつての自分の親に同情した。

子どもが成長し、親より友だちとどこかへ出かけることを選び、もう家族旅行をしなくてよくなったとき、親は本当に、まったく一点の曇りもなく「よかった」と思っただろう。

不機嫌な家族連れと裏腹に、若いカップルやグループ連れはたのしそうだ。疲れているようでも、何かわくわくとしている。中年グループもやっぱりたのしそうである。でも、彼ら彼女たちがたのしそうなのは、きっと子どものころに親が家族旅行に連れていってくれたからじゃないか、と私は思う。だれかにどこかに連れていってもらった記憶がちゃんとあって、「夏とはこうしたものだ」という思いが刷りこまれているのではないか。どうすれば旅は台無しになり、どうすればたのしく過ごせるかということも、私たちは無意識に家族旅行で学んでいたのではないか。

私は旅好きだが旅慣れない。人よりずっと多く旅しているのに慣れないのだから、きっと性に合わないのだろうと思う。だから、ともに旅する人がいるときは、その人にぜんぶまかせる。列車の乗り換えもわからないまま待ち合わせ場所に向かって、こっち、あっちと言われるままついていく。選ぶのは自分の駅弁くらいだ。言われるまま動き、そういうとき、「あ、子どもだ」と思う。そして、不機嫌のずっと奥にあった安心感に気づかされる。あんなに旅慣れない人たちのあとをついていってもだいじょうぶだと思っていたのだ。どんなに不機嫌になっても許されると安心して思っていたのだ。

そうか、あの不機嫌だった子どもはそんなふうに安心させてもらっていたのか。そしてかつての親への同情は、どこかかなしい感謝に変わるのである。

三日間の旅

ボルドーにいった。たったの二泊である。

ボルドーと聞いて私がイメージするのはワインだけだ。そういう地名の場所があって、そこにはたくさんのぶどう畑があって、日本酒で言うところの蔵元のような作り手のお屋敷がたくさんあるんだろうなと、ぼんやり思っていた。ワイン好きの友人が、ボルドーのシャトーを訪ねる旅をしてきたとかつて話していたけれど、運転免許を持たない私は、いくらワインが好きでも一生訪れる機会はないだろうなと、これもまた、なんとなく思っていた。そのボルドー。

そもそもなぜいくことになったかというと、この地で行われるメドックマラソンに参加するためである。ぶどう畑のなかを走る四二・一九五キロのマラソンで、給水所のごとく、各シャトーがランナーたちにワインを配っているという。某雑誌の連載企画でその大会に出ようということになり、一生いかないかもしれなかった町に向かったのである。

　空港からまず新市街のホテルに立ち寄って荷物を下ろし、そのまま路面電車に乗って旧市街へ向かった。路面電車を降りて、石畳の道を歩き出してほんの数分で、なんだかすごくいい町だ、と思った。

　教会の前の広場で、のみの市がたっている。ちょっとのぞいてみたが、骨董《こっとう》を売るというよりも、近所の人たちが家のなかの不用物をかき集めて持ってきた、という風情である。それもなんだかおもしろくて、他人の家のにおいがぷんぷん漂うような古道具や古着を眺めて歩いた。

　のみの市を離れて歩き出し、歩けば歩くほど、いい町だ、という実感が深まる。町に着いてまだ一時間もたっていないのに、こんなふうに思っていることが自分でも不思議である。

　今まで、見知らぬ町をいいか悪いか（自分に合うか合わないか）判断するには、三日ほどが必要だった。知らない町に着く。まず緊張している。道に迷わないよう慎重に歩く。声をかけてくる人が悪い人ではないか、まず疑ってかかる。バスや電車の乗りかたがわからなくてどきどきする。レストランに入るのにも、メニュウは読めるか否か、注文のしかたを間違えないかどうか、一人前が食べられる量かどうか、びくついている。三日目になってようやく、そういういちいちに慣れてくる。町の地図をなんとなく覚え、企《たくら》みを持って近づいてくる人とそうでない人の区別がつくようになり、バスや電車も乗れるようになって、「ビール」「赤ワイン」などといった言葉を自然と覚えている。そうしてようやく、びくびくせずに町を歩けるようになり、町と自分の相性を知るのである。

それが、このボルドーは違う。すでに緊張が霧散している。歩いているだけでたのしい。不安とか、危険とか、ネガティブな気持ちも、何か疑う要素もまったく起こらない。

なぜそう思うのだろう、と考えてみるが、根拠があってそう思うのではなく、ただ感覚的なものなので、理由はわからない。

のみの市を背にしてまっすぐ歩いていくと、市場があった。わくわくする。肉屋に魚屋、チーズ屋、乾物屋。じっくり眺めていく。

肉屋に血のソーセージ、ブーダンノワールがグラム売りされているのがおもしろい。びっくりしたのは、葉もの野菜だけを売る店があったこと。パセリ、セロリ、香菜、フレッシュハーブなど、種類ごとに山のように積み上げている。その店舗だけ緑に染まっている。イタリア食材を売る店があり、生ハムやチーズとともに、ラビオリも売っている。これが、驚くほどの種類である。チーズとハム入り、パセリとハム入り、チーズのみ、ほうれん草入り、バジルと肉入り、あとは読めない中身入り。市場にはバーやカフェもあり、午前中なのに早々とビールを飲んでいる人も、ワインを飲んでいる人もいる。ショーケースをのぞくと殻付き牡蠣《かき》が並んでいる。

旅先で、私はいつもまず市場を目指す。ものと値段の関係を知るためでもあるし、その町の個性を知るためでもある。陽気な町では市場も陽気で、ひっそりした町では市場も活気がない。

それから、市場にいくとそこで暮らすことを夢想できる。たとえば先ほどの葉もの野菜やラビオリだが、すばらしい、と思っても持ち帰ることはできない。そのかわり、それらを買って自分の住まいに戻り、調理し、食すのが、一瞬で思い浮かぶ。その一瞬はひどくしあわせだ。

もちろん実際に暮らしたら、しあわせを感じることばかりではないだろうし、市場で何かを買って調理する、そのことにうっとりもしなくなるだろう。煩雑にすらなるかもしれない。でも、旅での一瞬の空想のなかでは、その架空の暮らしは幸福に満ちている。もちろんその空想が幸福ではない市場というのも、またある。世界は暮らしたい町ばかりではない。

市場を出、旧市街を散策した。すごくいい町だ、という印象は、まったく揺らぐことがない。

旧市街には人が大勢いて、カフェのテラス席もたいてい埋まっているほどなのだが、不思議と町が静かであることに気づいた。音がまったくしないような、物理的な静けさではない。雪の日に、音が消えてしまったと錯覚するような、そんな静けさだ。どの店も大音量で音楽を流していないからかもしれない。携帯電話でも友人との会話でも、大声を出している人がいないせいかもしれない。町に沿って流れる大きな川のせいかもしれない。これもまた、静かだというのは私の感覚的な印象に過ぎず、その根拠もわからないままである。でもこの静けさが、「すごくいい町だ」に関係しているのはたしかだった。

中心街から車で三十分ほど走ると、私の幼稚なイメージ通り、ぶどう畑が広がっている。イメージと違ったのは、そのうつくしさだ。ぶどう棚は整然と並び、どこまでもどこまでも折り重なって続き、はるか向こうに、城が見える。シャトーって本当にお城なんだ、と馬鹿みたいな感想を持つほど、城は城然としている。童話のなかの精密な挿絵みたいな光景だ。そうしてこのぶどう畑もまた、静かだった。幾度も飲んだことのある赤ワインは、この静かな場所で作られて、遠く私のもとまで運ばれてきたのだなあ。

翌日、マラソン大会に出て、旧市街で夕飯を食べ、次の日の朝にもう町を出た。国内以外でこんなに短い滞在ははじめてのことである。十年前だったら、どこかにいって二泊で帰ってくるなんて自分で自分に許さなかった。仕事なら断っていた。でも今は、たった二泊四日でも、この町にこられてよかったと思う。この町の静けさを知ることができてよかったと思う。

着いてすぐこの町の雰囲気をつかんだのは、もしかして、かつてのように旅にたくさん時間を割けない私の、無意識的な作用かもしれない。慣れるのに三日もかけていられないのだから、とにかく早く町になじめ、町の魅力をさがせと、本能みたいなところがフル回転したのかもしれない。

夏休みと理想郷

永遠の理想郷と思える場所が、私にはある。もう何度も書いているけれど、タイのタオ島だ。一九九一年にその島を訪れて、十日ほど滞在した。そこで私はマラリアを発病させ、滞在していた日にちの半分ほどは宿泊していたバンガローのベッドから動けなかったのだが、それでも、そんな体験を差し引いても、やっぱりすばらしいところだったと思うのである。

船着き場には数軒の商店しかなく、島のぐるりを囲むビーチには、ちいさなボートで移動する。私は船着き場から近いバンガローに泊まったのだが、船着き場から宿まではなんにもない道を二十分くらい歩く。友好的な犬がたくさんいて、海は見たことがないくらい澄んでいる。夜になれば空一面が星で埋め尽くされる。新月の夜、懐中電灯で真っ暗な道を照らして歩いていて、枝という枝に蛍のとまった大木を見たことがある。呼吸するクリスマスツリーみたいだった。未《いま》だに、幻だったのではないかと思うほどうつくしい景色だった。病院がなく、船着き場から少し入ったところにクリニックがあって、週に何度か大きな島から医者が通ってきていた。私はそのクリニックのベッドに寝かされ、点滴を受けた。壁をヤモリが這《は》って、犬が入ってきて寝ている私の手をなめた。窓から椰子《やし》の木が見えて、それもやっぱりうつくしいのだった。あの島は、私のなかでぜんぶそのままである。船着き場の商店も、一本道も、海の底も。

最近、続けざまにタオ島にいったという人に会った。ダイビングの目的以外にタオ島を訪れる人はめったにいないので、うれしくなって、よく知らない人なのに興奮して話した。しかし相手の話を聞くうち、聞かなければよかったと後悔しはじめていた。島には今やコンビニエンスストアもレストランもたくさんあって、日本食レストランまであるというのである。しかも、海はさほどきれいでもない、とのこと。

電気も通っていなくて、自家発電で、バンガローでは夜十時に自家発電をやめるから、それからは蠟燭《ろうそく》で……と話すと、相手は笑い出し、「それ、いつの話？」と言う。計算し、二十四年前だと言おうとして自分でびっくりした。そんなにたてば、そりゃあ電気も通るだろうし、コンビニエンスストアも日本食レストランもできるさ。そう思うが、しかし納得できない。もうあの蛍の木などないのだろう、友好的な犬も少ないだろう、と頭では思いながら、「そんなのは嘘だ」と気持ちが認めない。しかも次に会った人は「タオ島で殺人事件があった」と教えてくれた。そしてこの人も「海はさほどきれいではない」と言う。

あの、電気の通っていない、海のそれはうつくしい、犬ばかりの、何もない島であってほしかったというのは、旅行者の傲慢《ごうまん》というもので、私がつねづね持つまいと気をつけている感情だ。それを承知しながらやっぱり、「そうか……」とつぶやかずにはいられない。

今年（二〇一五年）の夏、どのくらいかわからないほど久しぶりに夏休みをとった。もう二十年近く、私にはゴールデンウィークも夏休みもなかったのだ。

その久しぶりの夏休みのいき先に選んだのは、タオ島の隣のパンガン島である。二十四年前に、タオ島にいくときにフェリーでパンガン島を通りはしたが、島には降りなかったので、はじめてである。この二つの島はフェリーで一時間程度だ。それならば久々の夏休みにタオ島にいけばいいではないか、と自分で思わないでもないが、いや、やっぱりパンガンだと決めた。もし本当にいってみたくなったら、デイトリップか一泊でタオ島にいけばいいではないかと、言い訳するように考えて旅立った。

はじめてのパンガン島だが、ここにもやっぱりコンビニエンスストアはあり、レストランは林立し、インターネットカフェがあった。あったのだが、しかし、町の雰囲気はなんともおだやかでのんびりしている。時間の流れかたがまったく異なる。船着き場から七、八分歩いたところに宿をとった。レストランの連なる道を曲がり、上り坂を上がって進む。舗装された道から、さらに未舗装の坂道を入ったところに、この宿はある。でこぼこした細い坂道なのに、オートバイもトラックも通る。

海にいくのにも、食事にいくのにも、この未舗装のでこぼこ道を歩く。道沿いに、貸しオートバイ屋、食堂が三軒、果実ジュース屋が一軒ある。この店の人たちが、この道を歩くたび笑顔で挨拶《あいさつ》をしてくれる。舗装された道に出るとイタリア料理店があり、そこで飼われている犬が尻尾《しっぽ》を振る。舗装された道をずっと下りていくと、海が見えてくる。

夏休みだ、と私は思った。未舗装の道を、顔見知りになった人たちと挨拶を交わしながら歩いていると、こんなに夏休みの似合う島はないと実感する。日に日にその実感は強まる。時間がのんびり流れ、人がおだやかで、でこぼこ道で、海が見える。このすべてが、夏休み的だ。

でもこの未舗装の道も、来年には舗装されてしまうのかもしれないと、悪路を苦労してのぼっていくバイクを見て思う。そう思った直後に気づく。舗装されても、でも何も変わらないだろうと。このゆるやかな空気、人々のおだやかさ、島全体を覆う「夏休み感」のようなものは、未舗装が舗装されたくらいでは失われない。

この島にコンビニエンスストアができたときも、インターネットカフェができたときも、この島の素朴さが奪われていくと考えた旅行者はたくさんいただろう。まさに私のように。でもきっと、その島の性質とはそんなものでもないのだろうと、パンガン島で考えた。コンビニエンスストアもイタリア料理店もインターネットカフェもいっさいないときから、この島はのほほんと静かで、それらができた今でも、充分のほほんと静かなのだ。

と、いうことは、タオ島もきっと本質は変わっていないだろう。どれだけ店が増えていようと、夜が明るくなっていようと、海が前ほどきれいではなかろうと、その島を歩いてみれば私はやっぱり、ここは理想郷だと思うだろう。その理想郷の理想郷たる所以《ゆえん》は失われていないと思うだろう。

そう確信したものの、フェリーで一時間のその場所にどうしてもいくことができなかった。いつか思いきって変化と不変を見にいくことができるのか、それとも、この先もずっと一九九一年のタオ島を思い浮かべ続けるのか、自分でもわからない。

旅行者のさみしさ

カナダのトロントで行われる国際作家祭に呼ばれた。カナダについて、私には何も知識がない。七年ほど前、メキシコを旅したときに、トランジットで行き帰り一泊ずつしたのだが、それがバンクーバーだったのかトロントだったのかも覚えていない。

空港からトロントの市街地に入り、中心街に高層ビルがあまりにも多いのでびっくりした。コンドミニアムを略してコンドと呼ばれるタワーマンションで、昨今急増しているのだという。夜空ににょきにょきと手をのばすような高層ビルの群れは、異様に見える。

国際作家祭のイベントはたいてい午後か夜からだったので、午前中や日中、何も知らないトロントを知るために町を歩きまわった。そして、歩けば歩くほど、なんだかよくわからなくなった。

歩いてまわれる範囲のなかに、タワーマンションの並ぶ近未来的光景があり、銀行の名がずらりと並ぶ金融街がある。金融街を抜けると新宿《しんじゅく》のような繁華街があり、その先に、ブランド店が軒を連ねる一帯がある。

中華街にいくと雰囲気はまたがらりと変わり、八百屋さんの軒先には、それまで見ていた野菜とまったく違う品物が並び、漢字名の看板が並び、中国語しか聞こえなくなる。その一本先の通りはケンジントン・マーケットと呼ばれる一帯で、どこかヒッピー文化臭のするのんびりした空気が漂っている。そこからリトル・イタリーになり、ポルトガル人街があり、韓国人街がある。

地図にキャベジタウンと書かれた場所があり、いったいなんだろうと訪ねてみると、古くてかわいらしい邸宅が並んでいる。異国にいるのに、また異国にきたみたいだ。あとで聞いたところによると、この一角は、最初に移民してきたアイルランド人たちが住んだ町だそうだ。

その場所によって、驚くくらい町の顔が変わる。だから、とらえどころがない。ただ共通しているのは、縦横に格子状に広がる町の大通りを歩いていて、横にのびる道を通りすがりにちらりと見ると、住宅のあいだから葉を黄色に染めた木々が道路にせり出しているところ。まったくなんでもない光景である。左右に二階建ての古い住宅が並んでいる。大きく枝を広げた街路樹が黄葉している。道路に駐車された車の屋根に、道路に、黄色い葉が落ちている。それだけの景色が、驚くほどうつくしい。どんな横道をのぞいても、こういう景色が広がっている。

私の泊まっていたホテルは巨大な湖のほとりにあり、そのあたりはコンド密集地なのだが、湖沿いはずっと公園が続いている。木々の紅葉したこの公園が、絵画のようでつい見惚《みと》れてしまう。この公園だけ歩いていると、繁華街の賑《にぎ》わいもそびえるコンドも別世界に思えてくる。

徒歩圏内でこんなにも違う表情を持つこの町を、歩いても歩いても、私は近しく感じることができなかった。おそらく、そのとらえどころのなさのせいだろう。把握できないのだ。そのことに私は焦って、町を走ってみたりもした。自分の町で週末にやっているランニングを、旅先でもやってみると、よそよそしかった見知らぬ町が急に近しく感じられることがあるのだ。

でも、だめだった。走っても町の地図を覚えるだけ。町が近しくならない。

食べもののせいもある。私はできるだけその土地のものしか食べないと決めている。けれども、カナダ料理、トロント料理というものがなんなのかわからない。ごくふつうのレストランに入ると、ピザやハンバーガー、ステーキなど、おおざっぱな洋食がメニュウに並んでいる。タルタルステーキがありナチョスがありカラマリがある、無国籍の料理を出す店も多い。そして私のいちばん苦手とするのは、そうしたなんでもある店。

トロントでしか食べられないものをさがすことを、私は早々とあきらめた。市場にいってギリシャ人の営む定食屋で朝定食を食べ、走っておなかが空《す》いたと、昼過ぎに中華街に向かって麵《めん》を食べた。たまたま歩いていて見つけたインド料理屋でカレーを食べ、市場で行列のできていたハンバーガー屋でベーコンバーガーを食べた。ともに仕事をした大学の先生が連れていってくれた店は、イギリス料理専門店のようだった。かつてイギリスの植民地だったから、イギリス料理はおいしいのだと言う。たしかにここで食べたシェパーズパイはおいしかった。

東京ほど、世界各国の料理店が揃った町はないというのが、私の持論である。私の住む、都心から離れた都会とは言いがたい町にすら、イタリア・フランス・中国・韓国・タイ・ベルギー・モロッコ・台湾・ベトナム・メキシコ・インド・スリランカと、各国料理店がある。こんな町はほかに知らない。けれどトロントを歩いていて、「東京以外にもあった……」という気持ちになった。もちろんトロントは東京とは違い、中華料理屋は中華街に、イタリア料理屋はリトル・イタリーにかたまっているわけなのだが。トロントに住む人に聞くと、外食の約束をする場合、今日は何を食べようか、ではなくて、今日はどこの国の料理を食べようか、といった話になるそうだ。

町と食べもののあまりの多様さのせいで、うまく把握することができず、その混乱が、町を遠いと感じさせるのだろう。しかし、そう感じさせるもっとも大きな理由は、生活の町だから、というものかもしれない。こんなに多くの国籍の人が住み、あらゆる人種が町なかを歩いているが、その多くが旅行者ではなくて生活者である。私のようなほんの数日滞在する旅行者でも、この町がどれほど暮らしやすいか、それはすぐにわかる。なんでもない住宅街が、私にとってもっともうつくしく見えたのは、なんでもない暮らしこそが、この町の魅力だからかもしれない。

そして私は知るのである。生活の町を旅することは、旅行者にはさみしいことなのだ。そこに自分が含まれていないことを、数日にせよ自分が生活から切り離されていることを、暮らすための町が、いちいち実感させるから。

面倒は不幸か

今年も香港にいった。着いた日の夜、香港在住の友人とともにレストランにいった。メニュウを決めて注文する。ビールが運ばれてくる。全員で乾杯をする。するとビールを運んできてくれたウエイトレスが、真顔で乾杯に加わっている。グラスはないのでエア乾杯だ。このウエイトレスさん、料理が運ばれてきて私たちが拍手をすると、いっしょに拍手をしてくれる。それも真顔。それがおかしくて笑うと、ようやく彼女も笑う。写真を撮り合っていると、「撮ってあげましょうか」と身振りで示し、全員の写真を撮ってくれる。おいしかった、ありがとうございました、と帰る私たちに笑顔で手を振る。

この人、生きているだけでたのしいのだなあとその笑顔を見て思った。その表現が大げさならば、あんまりストレスがない、と言い換えてもいい。ごく自然にそんなふうに思って、それから自分の思ったことにちょっと驚いた。そうだ、ストレスがないと人は笑うんだ、と気づいたのである。

そのレストランは人気店で、広い店なのに満席、外にも列ができている。たいていが五人から八人ぐらいのグループの客で、あちこちから追加注文の手があがっている。しかも、一組の客が食事を終えて帰ると、テーブルクロスを替えるだけでなく、この店ではテーブルの上部を取り替える。その都度、大がかりな作業になる。いやになっちゃうくらい忙しいに違いないのに、それがストレスになっていないのだろう。

個人的な感想だが、香港にはそういう人が多い。だから滞在していて、こちらもマイナスの感情にとらわれることが少ない。

オクトパスカードという、Suica《スイカ》のようなＩＣカードが香港にはある。このカードにチャージしようと紙幣を入れたところ、画面にエラーマークが出て、紙幣が戻ってこない。係員を呼ぶボタンを押すと、五分くらいのちに老駅員がやってきた。十ドル札を入れたら出てこないんです、と言うと、「十ドル札は入れちゃだめだよ」と言う。「五十ドル札しかだめ。ここに書いてあるでしょ」と彼の指さすところを見ると、たしかにそう書いてある。「本当だ、ごめんなさい、ごめんなさい」とあやまると、「気にしなさんな。あやまるようなことじゃない」と言い、機械のうしろを開けてがちゃがちゃと作業をはじめる。私の入れた十ドル札を取り出そうとしているようだが、出てこないらしい。結局機械を閉めて、「十ドル札だね？　本当だよね？　信じるからね」と言いつつ、窓口で十ドル札を渡してくれた。「本当にすみません」と再度あやまると、「あやまらないでいいんだよ！　次から気をつけて」と笑顔を見せる。ここでも私は思うのである。こんな面倒なことが、この人にはストレスにならないのだなあと。

あまり得意な人もいないと思うが、私は不機嫌な人がたいへん苦手である。先ほどの、満席のレストランや駅の改札でのできごとでは、不機嫌な対応をされることが多い。だから身に染みている。頭で考えるより先に不機嫌を予想して、びくびくとみがまえてしまう。そこで親切な対応をされると、はっとする。はっとしてから、幸福な気持ちになる。

人はなぜ不機嫌な対応をするのかと考えるに、もともと不機嫌な性格の人もいるだろうけれど、やっぱり面倒だからだと思う。忙しいのにさらに忙しくさせられるから、面倒になる。だから私も、だれかを面倒な目に遭わせる自覚があるときはびくつくのである。

この対極が都心のタクシーだ。私はずっと、遠い距離はタクシーの運転手にとって面倒なのだと思っていた。近い場所のほうが面倒ではないのだと思っていた。けれども面倒でない距離を頼むと、七割がたの運転手は不機嫌になる。一言も口をきいてくれないときも多々ある。面倒な距離のほうが、親切な対応をされる。以前、成田《なりた》空港にいかなければならないのに新宿のホームで事故があり、電車が止まってしまったことがあった。タクシーでいくしかない。さすがに新宿から成田空港までは面倒だろうと思い、びくつきながらタクシーに乗ったところ、運転手はこちらがたじろぐほど上機嫌で、タクシーを降りるときは「よい旅を！」と笑顔で言ってくれた。タクシー業界のみ、面倒で時間を割く客が好まれる。

忙しいこと、面倒なことはマイナスに含まれることだ。だからマイナスの感情とマイナスの態度になる。忙しいことも面倒なこともストレスであり、ふしあわせなことなのである。私自身もそう思っている。面倒なことをさせられたり忙しくさせられると不機嫌になる。損をしている気持ちになる。

だから、びっくりしてしまうのだ。忙しくても面倒でもしあわせな人を見ると、はっとする。忙しさや面倒さが手出しのできない強度な幸福を見て、その幸福に感染する。そして、不機嫌をまる出しにしている自分を思い出して、つくづく反省する。

だんだんわかってきたのは、笑みは笑みを呼ぶし、怒りは怒りを呼ぶということだ。不機嫌は不幸を呼びこみ、上機嫌は幸福を呼びこむ。こういう格言めいたことは好きではないのだが、格言でも法則でもなくて、真実だ、ということをこのごろ知ったのである。

当然ながら、香港にも不機嫌な人はいる。フットマッサージ店の施術者がそうだった。私よりずりと若い女性で、店主に電話で呼ばれてどこからかやってきて、不機嫌そうに私の前に座り、マッサージをはじめた。うーん、この人は不機嫌だ、呼ばれて面倒だったのだろう、と納得し、目を閉じて眠ろうとした。ところがあるツボを押されて、思わず跳び上がり、「ぬおおっ」と叫んでしまった。そのくらい痛かったのである。女性はぎょっとした顔で私を見て、それから笑い出した。何かを広東語で言い、腰を叩《たた》いてみせる。ここを痛がるということは腰が悪いのだと言いたいのだろう。ひとしきり笑って、律儀にもまた不機嫌に戻ったのだけれど、施術が終わって帰り際、「シーユートゥモロウ」と言って笑顔を見せた。腰が悪くてよかったと、ちょっと思った。

再訪の旅

私が旅したい場所は一貫して「いったことのない場所」である。だから、同じ場所を旅することはほぼなかった。ときおり、以前旅したところを再訪したいと焦がれるように思う。でも、そんなことはかなわないのだろうとも同時に思っていた。

ミャンマーもそうだ。一九九九年に旅して、ものすごく好きになったけれど、もう一度訪れることはないだろうと思っていた。ところが十七年後の今年（二〇一六年）、ほんの数日だが、休暇をミャンマーで過ごすことになった。

出発前、十七年前の旅ノートとそのときの写真をさがした。ノートはすぐに見つかったが、きちんと整理をしていないせいで写真は数枚しか見あたらない。ともかくそれらを旅の荷物に加えた。

記憶のなかのヤンゴンは、なんにもない場所である。もちろん、なんにもないはずはない。中央駅があり、そのすぐそばに大きな市場がある。中心街にあるお寺スーレー・パゴダの周囲には、商店と屋台とお土産屋と飲食店がばらばらとある。インド人街にはヒンズー寺院とカレー屋があり、中国人街には中国寺院とビアハウスがある。あるのだが、それでも「なんにもない」という形容がぴったりの町だった。

十七年前の旅ノートによると、ヤンゴンではスーレー・パゴダそばの中級ホテルに泊まり、「ニューデリーレストラン」というカレー屋が気に入って、マトンカレーをくり返し食べている。帰国直前の最後の晩餐《ばんさん》では、知り合った日本人旅行者と、ビアハウスで「ものすごくたくさんビールを飲んだ」と書いてある。

それから言葉を交わした子どもたちのことがたくさん書かれている。ヤンゴンでは、市場の周囲や駅のホームに物売りの幼い子どもたちがたくさんいた。この子たちと親しくなったようで、ヤンゴンを出る日に、彼らに会うためにわざわざ市場まで出向いている。子どもたちのことは覚えているが、お別れを言いにいったのかどうかは覚えていない。

そんなふうに、うっすら覚えていることとまったく覚えていないことが混じり合っている。ニューデリーレストランのことはなんとなく覚えている。バーや居酒屋がまったくないヤンゴンで、「ビアハウスがある」と日本人旅行者が教えてくれたのも覚えている。子どもたちはとにかく語学が達者で、日本語を流暢《りゅうちょう》にしゃべる五歳児もいれば、もちろん商売会話だけだが七カ国語をしゃべれるという十二歳児もいた。

今年、そのヤンゴンに着いて、私は呆気《あっけ》にとられた。何ひとつ記憶と重ならないのである。ヤンゴンに着いたのは夕方で、中心街に宿をとり、夕食をとりに飲み屋が連なるという中国人街の一角に向かった。インド人街を抜けて中国人街を歩く。道沿いには商店が並び、歩道にはびっしりと屋台が並び、まっすぐ歩けないほど大勢の人がいきかっている。車道は乗用車、バス、トラックで埋め尽くされている。なんとなく覚えている光景と、何ひとつ重なるものはない。

市場は同じ場所にあった。市場に近づいて、ようやく町が大きく変化したことに思い至る。なんにもなかった市場のまわりは、野菜や果物、卵や菓子、衣類を売る屋台がひしめいていて、そこもまた、大勢の人が買いものをしながらいきかっている。物売りの子どもたちの姿はない。

しかし、この町にまったく見覚えがないのは、あたらしいビルや、高級ホテルや、一号店というケンタッキーの店や、一気に増えた商店のせいではないらしいと次第に気づく。活気だ。町全体を覆う人々の活気が、十七年前とはまったく異なる町にしているのだ。

十七年前、アウンサンスーチー氏は軟禁されていて、大学は軍事政権に抗議して閉鎖していた。そうしたことを私は旅するなかで知ったのだけれど、それより何より、町はしーんとしていた。人はいて、ちゃんと生活しているが、何かに包まれたように静かだった。それが今は、どこにいっても人、人、人、騒音、騒音、騒音。男も女も若者も老人も働いて、買いものをして、目的のある顔つきで歩いたりバスに乗ったりしている。そしてなんだか、だれもが生き生きしている。

希望だ、と思った。この町の人たちは今希望を持っている。見ていておもしろいほどはっきりとわかる。たとえば混んだ屋台の隅で汚れた食器を洗っている人たちが、たのしそうなのである。朝早く店の掃除をする食堂の若い人たちが、はしゃいでいるのである。人でごった返す屋台の群れを抜けて歩く人が、苛《いら》ついていないのである。なんだかみんながたのしそう。これは、以前の旅ではついぞ感じなかったことだと、あらためて気づく。二〇一〇年に軟禁から解放されたスーチー氏のNLD（国民民主連盟）は、二〇一五年の選挙で圧倒的な勝利をおさめた。今年、私がヤンゴンに到着した一月五日の前日は、ミャンマーの独立記念日で、スーチー氏がヤンゴンでスピーチを行ったと新聞で読んだ。そうした一連がこの町の人の今にどう影響しているのか、未来に何を及ぼすのか、町の人々の声を実際に聞かないとわからないけれど、でも、町を覆う活気や希望とたしかに関係があるのだろう。

以前の印象しか持っていなかった私は、ニューデリーレストランはすぐ見つかるだろうと思っていた。なんにもない町で、とても大きな食堂だったのだ。かつて絶賛したマトンカレーをもう一度食べようと思っていたのだが、大通りから路地まで飲食店も屋台も林立し、大勢の人がいきかう中心街で、見つかるはずがないのだった。ものすごくたくさんビールを飲んだビアハウスも、当然見つからなかった。けれどかつての旅ノートに「十九番通りのビアハウス」と書かれていることに気づいた。その十九番通りとは、到着してすぐ目指した飲み屋通りである。今やここは、肉や野菜や魚の串《くし》を炭で焼く、バーベキュー店がずらりと並んだ飲み屋ストリートになっている。道路にまでテーブルを出し、どのテーブルも地元の人と外国人観光客で埋まっている。みんなビールか、持ち込みのウィスキーを飲んでいる。大きなビアハウスが飲み屋通りへと発展したのだろう。

この通りのバーベキュー店でビールを飲み、バーベキューを食べたときのこと。何人かの子どもが、お金をくれと言いにきたり、花を売りにきたりする。五歳くらいの男の子が私のテーブルにきててのひらを差しだす。首を振ると、チェーッという顔をしたので、思わず「ごめーん」とあやまった。すると彼はにやっと笑ってその場を離れ、「ごめーん!」と、私の真似をしてべつのテーブルへと向かった。すごい。たった一言、ほんの一瞬、子どもは完璧《かんぺき》なイントネーションで「ごめーん」と言ったのである。ああ、この語学能力のすごさ、これは十七年前とまったく同じだ！　と、そんなところに私はひとり感動していた。

再訪の聖地

前の話に引き続きミャンマーについて書こうと思う。

ミャンマーといえば、パゴダである。パゴダとは仏塔のこと。上座部仏教を信仰するミャンマーでは、どの町にもたくさんのパゴダがある。ヤンゴンの中心街にはスーレー・パゴダがあり（というよりこのパゴダを中心に町が作られた）、中心街から北に二十分ほど歩くとミャンマー最大のシュエダゴン・パゴダがある。

町の様子は十七年前とさまがわりしているが、パゴダは変わっていない。まるではじめてきた町だと思っていたヤンゴンだが、パゴダにいってようやく、過去と重なる部分を見つけた。

シュエダゴン・パゴダの正面は南だが、東西南北の入り口がある。南の入り口を入ると、両側に土産物屋の並ぶ階段が続いている。陽射しの強い外から入るせいで、この階段は真っ暗に見える。真っ暗ななか、ぼうっと店々が並んでいるのである。階段の先が白く光っている。そこから先がパゴダだ。

この階段の暗さには覚えがある。階段を上がると、視界は陽射しのせいで真っ白に染まり、やがて金色の巨大な仏塔がどーんと見える。そんなことを思い出しながら暗い階段を上がっていく。軒先で店番の老若男女が何か食べているのも変わらない。記憶とおんなじに真っ白く光るパゴダ内に足を踏み入れる。靴は脱がなくてはならないので、熱いアスファルトを歩くのは慣れるまでたいへんだ。けれどパゴダ内に入ってまたしても驚いた。記憶とまったく違うのである。記憶では、もっとだだっ広い場所だった。大きさが変わるはずはない、おそらく人の数が増えたのだ。たぶん、祭壇や御堂の数も増えている。

ともかくたくさんの仏像がある。不適格なたとえしか思いつかないが、縁日の屋台のように廟《びょう》や祭壇や御堂が並び、そのなかに、一体ばかりか三体、五体と仏像があり、多いところでは十数体くらい置かれている。どの祭壇や廟の前にもかならず数人から数十人が座っていて、熱心に祈っている。驚いてしまうのは、廟の内部や祭壇の真横で、弁当を広げている家族がいたり、昼寝をする人がいたりすること。とにかく日陰があればそこに人は座りこんでいて、食べたり、寝たり、話したりしている。仏さまが、篤《あつ》い信仰の対象でありながら、生きている人々とかけ離れた存在ではないのだ。

その前で弁当を食べても寝転がってもまったくかまわない、近しいだれかなのである。

そのほかにもたくさんパゴダがある。今回の旅ではパゴダ巡りもしたのだが、ごく最近建設されたパゴダを二つも見つけた。こんなにたくさんあるのに、まだ建てるのか！　ぴかぴかの新パゴダも、ちゃんとお詣《まい》りの人でにぎわっている。

そしてミャンマーには、一大聖地チャイティーヨー（ゴールデンロック）がある。山頂にある、空中に浮かぶように一点で支えられている巨岩のことだ。落ちそうなのに落ちない。人々はこの巨岩の上に仏塔を建て、巨岩を金箔《きんぱく》で金色にした。その仏塔におさめられている仏陀《ぶつだ》の頭髪が、この岩をその場に留《とど》めていると言われている。

この聖地はかなりへんぴな場所にある。十七年前、ここにどうしてもいきたくて、近隣のバゴーという町で知り合ったおにいさんに車を出してもらった。バゴーから車で二時間ほどかかり、さらに、ものすごくたくさん歩いて山頂に向かった記憶がある。どんどん坂の傾斜がきつくなり、座椅子状の乗りものに客を乗せ、四人がかりで運んでくれる「運び屋さん」たちに頼もうか、真剣に悩んだほどだ。ようやくたどり着いた山頂に、参拝客は皆無だった。山頂は霧がかかっていて神秘的だった。傾いた岩は、あまりにもきちんと傾いていていて、驚きを通り越して笑いたくなったほどだった。女性は岩には直接触ることができない。金箔を買って岩に貼りつけられるのは、男性だけだ。それでも金色の傾いた岩を間近で見られるだけで充分だった。

今回はヤンゴンからチャイティーヨーを目指した。町外れにあるバスターミナルまで乗り合いバスでいき、そこからキンプンいきのバスに乗る。だいたい四時間ほどで、ベースキャンプとなるキンプンに着く。キンプンはちいさな町だが、それでも通りには食堂や商店が並び、観光客だけでなくけっこう多くの人が歩いている。ここから山頂までは政府運営のトラックしか入れない。荷台に作られた座席がいっぱいになると出発する。ものすごい坂道をトラックは猛スピードで走る。四十分ほどで寺の入り口に続く山道に着く。

細い山道の両側も土産物屋が並ぶ。寺の入り口で靴を脱いで預ける。金箔の岩はすぐにはあらわれない。敷地のいちばん奥にある。

山道にはなんとなく覚えがあるのに、パゴダの敷地内に入って眉間《みけん》に皺《しわ》を寄せてしまった。またしても、記憶とまったく違うのである。そう思う原因はやはり人。ものすごく大勢の人がひしめいているせいで、聖地というよりただの景勝地みたい。神秘的でもなんでもない。しかも四角いテントがずらりと並び、そのなかにもぎっしり人が入っている。弁当を食べたり寝たり話したり、トランプをしたりゲームをしたりしている。どうやらここに泊まる人たちのようだ。きっと朝日を浴びる金色の岩を拝むのだろう。

金色の岩だけは、以前と同じくきちんと傾いている。そのまわりにも大勢の人。金箔を貼っている人も何人もいる。拝む人用に囲ってある場所でも熱心に祈る人たちがいる。岩を眺められるあちこちのスペースで、日陰を見つけ、座りこんでいる大勢の人たちがいる。朱色の袈裟《けさ》を着たお坊さんも拝んでいる。スマホを向けて岩の写真を撮るお坊さんもいる。

またしても私はかつての旅ノートを確認した。私がチャイティーヨーにきたのは雨季で、人の少ない時期ではあったようだ。政府のトラックはシーズンオフだから出ていなかったのだろう、キンプンから徒歩で山頂までいったと書いてあった。

無人の聖地もよかったけれど、人でごった返している聖地がやっぱりいいと私は思う。祈る対象が身近で、食べもののにおいが漂って、子どもが走りまわっていて、そういう私たちの暮らしと、大いなる何かに祈ることが、矛盾せず混じり合っている場所が、いいなあと思うのだ。

縁と愛

土地と人には、人同士と同様の相性があり、縁がある。はじめてひとりで旅するようになってから、うすうすそう思ってはいた。けれどあくまで「あるような気がする」止まりだった。ようやくこのごろ、相性と縁は確実にある、と肌で実感するようになった。とくに、縁。

今年（二〇一六年）の二月、はじめて石垣島《いしがきじま》と西表島《いりおもてじま》にいった。二年前に竹富島《たけとみじま》にいったことがあり、そのとき石垣島の空港とフェリー乗り場をいききしたことがあるが、滞在したのははじめてだ。

竹富島でも感じたことだが、私は八重山《やえやま》地方と縁がない。いく前から、なんとなくないような気がしていた。実際にいってみて、心身ともに納得した。本当に縁がないのだな、と。そしてまた、八重山地方ほど「縁」という言葉の似合う地域はめったにないように思う。

縁のある人は、すでにその地に呼ばれている。興味を持ってみずからいく人もいるだろうし、うまく説明できない衝動的な気持ちのままいく人もいるだろう。そのどちらも「呼ばれている」のだ。

私は呼ばれないいまま、年齢を重ねた。沖縄本島にはいく機会があるが、そこから足をのばそうとしたことがない。このところ毎年、マラソンに参加するため那覇《なは》を訪れているが、那覇とも私は縁がないと思っている。縁がないから、こちらから熱心に働きかけないと、いく機会すらない。だから、それはそれは熱心にいく機会をねらいすまして作っている。そうでもしないと、つながりが切れてしまうからだ。

ちなみに、竹富島も、今回の石垣・西表も、どちらも仕事の旅である。この点においても私は縁のなさを感じる。私は八重山にいきたかったからスケジュールを調整し、仕事を受けた。ここで受けなければ、いける機会などそうそうないだろうと思ったからだ。

まったく個人的な見解なのだけれど、縁がないところにいくと私はちょっとした異様さを感じる。「うわ、へんなところだ！」とまず思う。

今回の石垣島も、空港から向かったホテルを出て、まずそう思った。なんだかへんなところ。夕方が夜になり、夜更けになり、朝になり、どんどんどんどん、その「へんだ」という感想は濃くなっていく。

西表島はもっと強烈だった。フェリーに乗って、島に降りたとたん、見たことがないくらいへんだ！　と驚愕《きょうがく》するような思いだった。

この場合の「へん」というのは、ネガティブな意味ではけっしてなくて、「私のまったく知らない種類のもの」という感覚だ。そしてそのまったく知らない感覚は、知れば知るほど消えていくわけではない。知れば知るほど、強まるのだ。それが、縁のないところの特徴だ。

石垣島でほぼ一日自由な時間があったので、私は町を歩いた。土産物街を歩き、寺や文化財を見にいき、民家の並ぶ路地を歩き、野菜や果物をたくさん売っているマーケットにいき、公園を歩き、フェリー乗り場のなかを見学した。子犬を連れた子どもたちが私の前を歩いていた。親子連れが夕飯の食材を選んでいた。どこにでもある日常の、ごくふつうの風景である。けれど私には、ぜんぶ見慣れない不思議な光景に見える。

赤い屋根の大きな図書館にいった。どこにでもある図書館だがやっぱり私には何か妙だ。そう思う私をからかうように、晴れていた空が急に曇って、窓の外、雨が降りはじめた。図書館のなかも薄暗くなる。学習机では中学生くらいの男の子が二人、英語の教科書を出してともに勉強している。その隣では老人が郷土の本を読んでいる。

雨脚が弱まったのを確認して外に出ると、ぬろーっとした（としか表現できないような）生ぬるい、厚みのある風が吹いている。私ははじめてのその感触を味わって、私が知らない最たるものは、気温でも湿気でも陽射しでもなく、ここの時間の流れかただと気づいた。ぴたりと止まっていて、だれかがそれに気づきそうになるとあわてて動いて時計の針に時間を合わせる、そんな不自然な流れかただ。そういえば、西表も、那覇も、それぞれ時間の流れかたは異なるが、そのすべてが独特で、ほかの地では味わえないものだ。

八重山に縁がある人というのは私のまわりにはけっこう多い。縁がある人は、早ければ二十歳前後にもうこのあたりに呼ばれている。若いときには呼ばれなくても、三十代、四十代になって呼ばれてくる人もいる。そういう人はこの独特な時間の流れにすんなりなじむ。そしてリピーターになる。

今回の石垣島だが、休暇で石垣を訪れている友人夫婦と合流して、幾度かいっしょに飲んだ。この夫婦は結婚してから八重山方面をよく旅するようになった。石垣にいるこの夫婦を見ていると、まさに「呼ばれた」人たちだ、と私は納得した。二人ともこの独特の時間にいとも自然に馴染《なじ》んでいる。そして、東京で会うときと微妙に人が違う。半分「ここの人」になっている。話を聞いてみると、この夫婦は車の免許を持っていない。だから石垣にきても、とくにどこかへ移動するでもなく、観光するでもなく、釣りをするでもダイビングをするでもなく、町をぶらついているそうだ。コンビニエンスストアやフェリー乗り場の弁当に、ものすごく詳しい。そうそう、縁があるってこういうことなのだ。私はその日一日、止まったり動いたり停滞する時間をもてあましつつ、ごまかすようにマーケットにいったり図書館にいったりしたが、縁のある人は、ただ歩いているだけで気持ちがしっくりきて、時間を潰《つぶ》すなんて思いもつかないのだ。

年齢を重ねると、こんなふうに、場所と人との縁がはっきりと見えてくる。八重山地方は、私にはちょっぴりこわいような場所でもあるのだが、その感覚も、縁のなさからきているものだと思う。あんまりにも知らないから、こわいのである。呼ばれてもいないのに、いることが、ちょっとこわいのである。

対・人の場合、縁がないと愛も終わることが多いが、対・場所だと、縁と愛は関係ない。縁のない場所でも好きになることはあるし、場所も、勝手に好きでいることは許してくれる。

私はたぶん、沖縄本島にそうしているように、これから積極的に八重山にいく機会を作るようになるだろう。いけばいくほどその場所を知るのではなく、いけばいくほどその不思議に魅せられる、縁がないならではのかかわりを持っていくことになるだろう。

少しだけ片思い

台湾のブックフェアに招かれた。三泊四日の短い旅程で台北に向かった。

台湾は四度目だ。はじめて旅したのは一九九八年のころ。いちばん最近では、二〇一二年、やはりブックフェアに招聘《しょうへい》されて台北に滞在した。

私にとって台湾は、すごく親しくなりたいクラスメイトのような感じだ。あの子、なんだかいいな、すてきだな、仲よくなりたいな、と思う。向こうも私にたいして感じよく接してくれ、悪印象は持っていないようだ。会話を交わすようになる。いっしょに下校したりもする。そうすると、私のなかの「親しくなりたい」欲はどんどん高まってくる。もっと親しくなりたい。いちばんに親しくなりたい。卒業してもずっと親しくしていてほしい。でも、それはかなわないとなんとなくわかる。その子はだれにたいしても感じがいいし、親切で、やさしくて、分け隔てがない。だからその子といちばんに親しくなるのは、ちょっと無理っぽい。大勢いる友だちのうちのひとりにしかなれない。それでもいい！——それが私にとっての台湾。できることならば毎年いきたい。二、三日でいいから滞在したい。そう思いつつ、仕事の機会がないと足を運ばないのは、信頼しているからでもあるんだろう。その子といちばん仲よくなるのは無理だけれど、でもきっと、その子は私を嫌いになったりしないだろう、というような信頼だ。

台北は、さほど広くないのだが、私にとっては広い。位置関係が覚えられそうで、覚えられない故の感覚だ。

二〇一二年のブックフェアのときは五泊六日と案外長く滞在できた上、自由時間も多かったので、この際位置関係を叩《たた》きこもうではないかと歩きまわった。午前中にはランニングもした。地下鉄はわかりやすくて便利だが、これで移動しているとどのような位置関係にあるのかが、まったくわからない。だから、自分の脚でひたすら走るか歩くかしたのである。

このとき泊まっていたのは台北１０１がある信義区で、そこから、忠孝復興駅があって永康街があって台北駅があらわれて、それを北にいくと中山区があって、南に下ると龍山寺がある、と自分の脚で理解して覚えた。その地区や路地ごとに、雰囲気ががらりと変わるのも体感できた。龍山寺のまわりのいかがわしさと信義区の近未来っぽさは地続きとは思えないし、迪化街のレトロな雰囲気と中山駅周辺のごちゃごちゃ感もまったく違う。どこからどのように違ってくるのかが、歩いたり走ったりしていると、わかる。

理解し、体感し、覚える、というのは、私にとって親しくなりたい子と距離が縮まった証拠のようなものである。いつもは信号のところで別れるのに、その日はおうちまで遊びにいった、というのと似た感覚。

だから今回、台北いきが決まったときはちょっと自信があった。あんなに歩いたり走ったりして覚えた町だ、もうだいじょうぶ、まかせとけ、といった気分。

ところが主催者の用意してくれた宿に着くと、そこはまったく知らない場所。ガイドブックの地図をめくっても、その場所自体を見つけられない。その宿は台湾大学の隣にあって、ちょうどそこはメインの観光地図からは外れていることがしばらくしてわかった。地下鉄の駅は近いし、学生街らしく飲食店も屋台も雑貨や衣料品店も多い。けれども私の知っている台北とは、これまた雰囲気ががらりと違う。観光する場所というより、生活が似合う町だ。大学のそばだからか、歩いている人もだんぜん若者ばかり。

今回の滞在は短く、自由時間がほとんどなかった。午前十時までは時間が確保できたので、やはり今回も早朝に走ってみた。しかし走れども走れども私の知っている台北はあらわれない。地図で確認し、「ああ、ここからさらに十キロくらい走ると台北駅があるんだな……」と納得するものの、すでに八キロくらい走っているから、さらに走る気力がない。

しかもブックフェアのイベントが行われる場所も、今回ははじめていく、知らないところばかり。ここはどこですか、何地区ですか、とその都度、通訳の人に訊《き》いた。聞いたことのある場所だと、「ああ、あの地区の外れにあるのか」とわかるが、でも、自分のなかではつながらない。もどかしい。

取材とイベントのあいだに二時間くらい空いたとき、通訳を兼ねた案内役の青年が、新名所であるらしい松山文創園区というところに連れていってくれた。もと煙草工場の跡地を転用した広大な場所にできた文化施設である。市政府駅に近いこの施設に向かう途中、建物のあいだからにょっきりと台北１０１が見えて、「ああ！」と思わず叫んでしまった。ようやく私の知っている台北が顔を見せたのである。さらに、なんということのない高架下を歩いていて、「ここ知ってる！」と急に思いついて立ち止まった。自分でなぜ気づいたのかもわからない、なんの変哲もないはんこ屋さんなのだが、二〇一二年に落款を作りにきた店だと突然わかったのである。台北１０１とはんこ屋さん、その二つだけが四年前と重なる光景だった。親しくなったはずの子の、私には見せてくれなかった面が次々とあらわれて不安になっているとき、ようやくその子らしさを見た安堵《あんど》を覚えた。

私が親しくなりたいと思うほどには、その子は思っていない、この片思いに似た気持ちを、私はずっと台北、台湾に持ち続けるのだろうなと思う。台北の町は変わり続け、次々とあたらしい建物ができて、どんどん私の知らない顔になっていく。それでも私は諦《あきら》めずに好きでいて、追いかけ続けるのだろう。たったひとつ、はじめて旅したときから徹底して変わらない、台湾の人の気持ちのあたたかさがあるかぎり。

縁と旅と人生の仕組み

ツアー旅行ではない、予定を決めない長旅をはじめてしたのは一九九一年、二十四歳のときだ。一カ月半のタイの旅、これがきっかけで私は旅に取り憑《つ》かれることになる。そのきっかけの旅なので、もうさんざん、いろんなところにこの旅については書いている。でもまた書く。書かずにはいられないできごとが起こったのである。

一九九一年、タイの南北を旅したのち、サムイ島を経由してからタオ島に渡った。タオ島は、当時はガイドブックにも出ていないくらいちいさな島で、電気も通っていなかった。海に面するビーチには宿があるが、島の中央は山で、道がなく、移動手段はボート。独立したレストランやバーはなく、宿が食事を提供したり、レストランを兼ねていたりした。電気は自家発電で、夜十時には消える。客はバンガローにチェックインしたとき、鍵《かぎ》といっしょに蠟燭《ろうそく》を渡される。『ロンリープラネット』などの外国のガイドブックには載っていたのだろう、欧米の旅行者が多かった。

このタオ島で、一組の日本人夫婦に会った。世界一周をしているバックパッカー夫婦で、隣のバンガローに泊まっていた。私たちは気が合って、毎日のように遊んで日を過ごした。

ある夜、みんなで遠くのバンガローまで食事をしにいって、懐中電灯を片手に帰ってきた。その道の途中、枝を広げた大木に無数の蛍がとまっているのを見た。大木が、ちいさな光の点滅に縁取られている。私たちは懐中電灯を消して、その光景に見入った。夢を見ているみたいだった。いや、夢というよりも、何か見てはいけないものを見ているような気すらした。うつくしい、という言葉を超えた光景だった。

この夫婦と住所は交換したものの、旅後、一度手紙をやりとりしただけで連絡は途絶えた。

が、その後ひょんなことから私はこの夫婦が札幌《さっぽろ》でスープカレーの店を営んでいることを知り、その店宛てにメールを書いた。もしやあなたはあのときの……、というメールである。そしてそのカレー屋さんはタオ島で数日過ごした夫婦だということが判明した。これが、今から十一年前、二〇〇五年のことである。拙著『水曜日の神さま』に、そのくだりのことは書いた。

それからまたしても時間がたった。夫婦のカレー屋さんは次々と支店を出している。

札幌にいくことがあったらぜったいにあのご夫婦に会ってスープカレーを食べるのだと決めているのに、そんな機会がなかなかない。

この五月に、新聞社主催のトークイベントに招いてもらった。会場は札幌である。札幌にいけるとわかった時点で私は夫婦にメールを書いた。ついに札幌にいくことができます！

そうして五月某日、私は新千歳《しんちとせ》空港から、彼らの店がある駅へ直行し、地図を見ながらずんずんとカレー屋さんを目指した。

タオ島の旅から二十五年がたっている。赤ん坊が義務教育を終え成人式もとうに終えるくらいの時間である。当時の旅の写真を私はなくしてしまって、持っていない。だから、夫婦の顔もじつはよく覚えていないのである。ただただ、たのしかった時間の記憶だけがある。

そのお店を見つけ、コクがあっておいしいカレーを食べていると、まずあらわれたのは奥さんのほう。顔を覚えていないのに、対面したらすぐにわかった。次にあらわれた旦那《だんな》さんも、やっぱりすぐわかった。覚えているのは顔ではなくて、その人の奥にある何かなんだなあとしみじみ思った。

やはりまず話に出るのは、旅のことだ。あの島で、こんなことをしたね、あんなことを言っていたよね、と言い合っては笑い合う。蛍ツリーを見たよね、と旦那さんが言い、見た見たと言いながら、夢じゃなかった、と思う。もしあれをひとりで見ていたら、二十五年の歳月のうちに、まぼろしに分類したように思う。もしくは誇張。数匹の蛍を見ただけなのに、木一面に蛍がいたように記憶をすり替えたのだと思いこんだかもしれない。でも、違った。いっしょに見た人がいるってすごいと、素直に感動した。

縁とはいったいなんだろうと考える。今まで数えきれないくらいの旅をしてきて、会った人はたくさんいる。この夫婦と過ごしたように、数日間ともに行動した人もいる。住所を交換した人もいる。帰国後に連絡を取り合った人もいる。けれども、再会することはめったにない。二十五年もの長い時間を経て再会を果たせるとは、どのような縁の仕組みによるものなのか。

二十四歳の私ははじめて自分の脚と頭を使って旅をしていた。電気のないその島は当時の私にとってとくべつな天国みたいだった。帰ってきてもその天国感はまったく薄れず、この二十五年のあいだ、ずーっととくべつな天国として、私の内にある。十年目くらいまでは、いつかあの島を再訪しようと思っていた。けれど二十五年もたつと、再訪できない、という気持ちになる。天国が違う場所になっているのを見るのがこわい。電気が通って飲食店が並んでいるのを見るのがこわい。現に、去年（二〇一五年）、タオ島の隣にあるパンガン島まではいったのに、その先へは私はいけなかった。

旦那さんは十年前にタオ島を再訪したと言う。どんなふうになっているのか見たくて、いってみたのだそうだ。やっぱりレストランやバーが並んでいて、電気もふつうに通っているという。蛍も見なかったな、とぽつりと言う。その話を聞いていたら、私たちはあの場所でまったく同じ体験をしたのだなと思った。外的な体験ではなくて、内的なものだ。あのときの私たちは、年齢は違ったが、どちらもモラトリアムのただなかにいた。夫婦は一年以上も旅をしていたし、私は私で、もの書きとしてデビューしてはいたが仕事の依頼なんてほぼなかった。

そして私は自分のこの先について、明確なビジョンがなかった。そのビジョンとは、どんな仕事をしてどんな家に住んで、といったようなことではない。もっとたましいに近いこと。何を信じて、何を自分に課して、何を嫌って、何を許さず、何を目指して生きていくか。そうしたものがあのときの私には曖昧模糊《あいまいもこ》としていた。それが、あの島でくっきりとしたビジョンを得たのだ。島に滞在しているときは、もちろんそんなことは考えなかった。帰ってきて、何年もたって、ふと実感するのである。今の私が信じようとしているもの、目指そうとしているもの、その根っこの土台は、あの島で培ったものだ。澄んだ海水や蛍の木や月の光を含む、のんびりした時間のなかで私が得た何かだ。

タオ島滞在を最後に、世界一周旅行を終えて地元に帰っていった夫婦にとっても、似たような内的体験があったのではないかと私は想像する。私たちは同じ場所で、同じように、人生にかかわる何か重要なことを、知らず知らず決定していたのではないか。遠くの島で、はしゃぎながら、ふざけながら。そう考えると、私たちが再会したりする、不思議な縁の仕組みもなんとなくわかるような気がするのである。

記憶の真偽

自分の話のなかに、二十年前とか、三十年前という言葉が出てくるとは思わなかった。感覚として、二、三十年前というのはずーっとずーーーっと昔である。私のなかでは「ものごころついた頃」という表現がいちばん似合う。が、おそろしいことに、ものごころついた頃となると四十数年近く前、ということになる。年をとった、という感覚が希薄なのだろう。自分の過去に、二十年前とか三十年前なんて昔が、含まれているようには思えないのだろう。

しかしながら旅の話をしているとき、二十年前、三十年前と言うことが多くなって、言いながら自分でもびっくりすることが増えた。そうか、そんなに前なのか……。

どこそこにいったことがありますかと訊《き》かれて、二十年前にいきました、と答えながら、この答えに何も意味がないと同時に気づいてもいる。だって二十年前と今では町はまったく異なっているだろうし、相手も二十年前の話を聞きたいわけではないだろうし。でも「いったことがない」と答えるのも違うしなあ、と、いつもちょっと悩む。

ひとつの旅ごとに一冊ノートが残っている。一日ずつ、移動ルート、泊まった宿、使った金額、飲み食いしたもの、買ったものなどが書かれ、その下に、どこにいって何を見て、どんな人と会話して、何が印象に残ったか、かなり詳細に書いてある。このノートを見れば、だから記憶はけっこうくっきりと浮かび上がり、細部まで思い出すことができる。

自分が体験したわけではないけれど、記憶として刻まれている光景、というものも、ひょっこり顔を出すことがある。

なんだっけここ、知っているんだけど、いった記憶はないし、ノートのどこにも登場しない……と考えながらかつての旅ノートをめくり、あっ、と思い出す。この旅で読んでいた深沢七郎《ふかざわしちろう》の随筆に出てくるラブミー農場だ、などと。当然ながらそこにいったことはない上、どこにあるのかも正確には知らないのに、著者が暮らしたその場所について、日本語に飢えている旅のさなかにむさぼるように読み、文字で知っただけのその農場の光景が自分のなかにすっかり定着してしまったのだ。エルという犬の姿さえ。

『どくろ杯』と『マレー蘭印紀行』の光景は、私のなかではネパールの風景に混ざりこんでいる。『火宅の人』で語り手の桂《かつら》が食材を求めて歩きまわる浅草《あさくさ》の路地も、退廃に沈むニューヨークも、メキシコの風景に混じっている。ベトナムが舞台の『輝ける闇』は、ベトナム旅行中に読んだから、印象は変わらないのだが、しかし私の覚えているベトナムの光景は、二十年前に私が実際歩いて見たものなのか、開高健《かいこうたけし》が書き取った四十年も前のものなのか、わからなくなる。

もう一種類の、奇妙な記憶がある。テレビだ。

自分の家でも私はあんまりテレビを見ない。テレビをつけたり消したりするのは、好き嫌いというより習慣だと思う。だから旅先で、テレビのある部屋に泊まっても私はまずスイッチを入れない。テレビをつける習慣がないから、スイッチを入れないだけで、テレビがついていれば見る。

テレビをつける習慣のある人は、部屋に入るとまずテレビをつける。そういう友人といっしょならば、私もテレビを見る。たいていの場合、言葉がわからない。でもずーっと見ているとなんとなく内容はわかる。

無人島のようなところに、初対面の男女十人ほどで一定期間暮らすというテレビを、どういうわけだかずーっと見ていたことがある。カップルができたり、裏切りがあったり、派閥ができたり、仲なおりがあったりする。オーストラリアで見たような気がするが、さだかではない。けれどもどこかの旅先で見て、その島の、入江やジャングルや、彼らが共同生活をするシェアハウスも、まるで自分が歩いたり泊まったりしたように覚えている。

見るつもりがなくても見る機会が多いのはサッカーである。食事をしにいったり飲みにいった店のテレビで流れていることがたいへん多い。私は自主的にサッカーを見たことがないのだが、旅の各地でサッカー観戦の記憶がある。イタリアやスペインばかりか、ウルムチやミャンマーででですら、テレビに釘付《くぎづ》けになっている店員たちといっしょに、わかりもしないサッカーをぼんやり見ている。

ひとつ、こわい記憶もある。メキシコを旅していたとき、銀山で有名なグアナファトに立ち寄った。驚くくらいうつくしい町で、何泊かしようと思っていたのだが、着いた日の夜、殴り合いを見てしまった。私はレストランの二階でそれを見ていた。何がどうなっているのかよくわからないが、眼下の歩道で男性二人が怒鳴り合いをはじめ、とっくみあいになり、深刻な喧嘩《けんか》に発展し、警察が登場して二人をべつべつにどこかへ連れていった。多くの観光客が遠巻きにそれを見ていた。

よくあることなのかもしれないけれど、私はそれをただ見ていて、こわい、と思った。なんだかいやな感じにこわかった。食事のあとに飲みにいってもそのこわさは拭《ぬぐ》えず、あんまり飲まずに宿に帰った。部屋で本を読んでいると、だんだん廊下がにぎやかになって、とんでもない騒ぎになった。どうやら、学生グループが宿泊しているらしく、みんなで部屋を訪ね合ったり、ふざけてびっくりさせ合ったり、しているらしい。笑い声とともに叫び声も聞こえてくる。ふだんなら、運が悪いと思って早寝をするか、あるいは我慢できなければおずおずとフロントに申し立ててみるか、ともかく、こわいという感情にはならなかったと思うのだが、このときの私は恐怖にのみこまれた。恐怖の館《やかた》にひとり放りこまれた気がした。

その恐怖からなんとか逃れようと、めずらしくテレビをつけた。ニュースが流れている。大学らしき建物が映り、おびえる学生たちが映り、大学内で凶悪事件があったのだと理解できる。チャンネルを変えてもそのニュースをやっている。のちにバージニア工科大学銃乱射事件と呼ばれるようになる事件だったと知ることになるが、このときはわからない。でも、大勢の人が殺されたことだけはわかる。画面はその事件を放映し続けている。廊下から叫び声と駆けまわる音。もうだめだった。明日になったらチェックアウトしよう、この恐怖の館から出ようと、震えながら私は眠りの訪れを待った。

あのときテレビで見た大学内の光景と、古びた宿の暗さ、木製のベッドと質素な部屋、学生たちの騒ぎも、ありありと覚えている。けれども、本当かな、とも思う。旅の記憶が遠ざかるにつれて、勝手に恐怖を増していないだろうか。殴り合いを本当に見たのか、学生たちは本当に走りまわっていたのか、じつのところ、自信がなくなってくる。

空想も誇張も含めて、ひとりの心と体と感情ぜんぶを総動員して動くことが、旅なのだなあと思う。

私がいるはずのない場所

旅をしながら、ここにはもうこないだろうなあと思う場所がある。そうした勘は当たるときもあるし、当たらないときもある。「だろうなあ」ではなく、「ぜったいに」こないだろう、と思い知る場所もある。それは勘どころではなく、自力ではとてもこられまい、という確信だ。

仕事でいく旅にそれが多い。厳密には仕事の旅は仕事の分類で、旅ではない。異国での仕事をはじめた当初はそのことがわからなくて、仕事の合間の自由時間に「旅」感を取り入れようと躍起になっていた。スケジュールに余裕があれば、ほぼ一日の自由時間をもらったり、あるいはひとりだけ一日、二日滞在を延長させてもらったりした。

だんだん、仕事は仕事で、旅ではない、とわかるようになった。それがわかると、もう自由時間の多少に何も思うことはなく、どこにいきたい、何を見たいという希望もない。仕事の旅となると、今や私は旅心を捨て、ほぼ意思を持たず、スケジュール通りに動き、だれかの決めてくれた店で食事をする。ただ、その地でお金を使わないとその場所のことがわからない、と思っているので、コーヒーショップにいったり、スーパーマーケットにひとりでいってちいさな買いものをよくする。それからできるだけ町を歩くことも自分に課す。旅のときは、地理を覚えるために、その町と親しくなるために私は歩き倒すけれど、仕事の場合は、ただ町の感じを知るためだけに歩く。当然のことながら、仕事で訪れた未知の町はほぼ未知のまま、親しくなれないままで終わる。ときには町の名前すら覚えていないこともある。

このあいだ、やはり仕事でコロンビアにいった。コロンビアというところについて、私は何も知らない。今度コロンビアにいくことになったと話すと、九割の人が「気をつけてね」と真顔で言ったが、何に気をつければいいのかもわからないくらい、知らないのである。さらに、目的地は首都ボゴタではなく、そこから飛行機で移動したシンセレホという町だ。この町の名前も知らないばかりか、私は到着するまでずっとシワタネホという町にいくのだと思いこんでいた。スティーブン・キングの小説『刑務所のリタ・ヘイワース』のラストに出てくる海沿いの町だ。同じスペイン語圏だけれどあれはメキシコで、ここはコロンビアだ、と町に着いてから気づいた。

町の中心には大きな教会があり、そのまわりを囲んで広場がある。ここから放射状に道路が広がっていて、道路沿いに店が並んでいる。店は、飲食店や立ち飲み屋、靴屋さんや生地屋さんやCDショップやおもちゃ屋さんやペット屋さんや、とにかくいろいろ。広場には屋台も多く出ている。屋台は、揚げ物やジュースなど。広場にいる人も、いきかう人も、ものすごく多い。往来を走る車もバイクもものすごい数。ともかく大きな、にぎやかな町だ。

このときの主な仕事は、町から車で数十分から一時間ほど離れたいくつかのスラムを訪れ、そこで暮らす女性たちに話を聞く、というものだった。毎日仕事を終えてホテルに帰るのが午後六時前、仕事関係のスタッフ全員で待ち合わせて夕飯を食べにいくのが七時ごろ、その合間の一時間弱がたいていい一日のうちの自由時間だ。その時間に、私は毎日町を歩いた。まず教会にいき、放射状に広がる道をひとつずつ、ずっと歩いていく。ある通りでは、お店の人がマイクを持って歩道に出て、目玉商品について叫ぶのが流行《はや》っているらしく、何軒もの前で何人もがそうしているものだから、ものすごい騒音。ある通りではウェディングドレスを売る店がずっと並んでいたりする。おしゃれな飲食店やクラブ（若い人の集うクラブ）が並ぶ通りには、真新しいショッピングモールがあって、ここだけきらびやかで華やかで別世界のようだ。

旅人向けの町ではまったくない。こんなに大きな町だが、歩いていて観光客を見かけることはまずない。観光客向けの土産物屋や飲食店もない。生活の町だ、とほうぼうの道を歩きながら毎回思った。旅の要素のいっさいない未知の場所にいることを自覚すると、いつも不思議な気持ちになる。その町も私に用がなく、私もその町に用がない。ふつうの旅だったらぜったいに足を踏み入れないだろう場所。

それこそ「ふつうの旅」であれば、広場の周囲にわんさかある屋台のひとつひとつに胸を躍らせ、なんだかわからないながら、身振り手振りで買ってみて、どきどきと飲んだり食べたりするだろう。けれど、この生活の町では、屋台の食べものはそんなに私の目を引かないし、興味も引かない。なんだろう？ と思いはするが、食べてみたいような気持ちにならない。商店の並ぶ通りを歩いても、わくわくしない。陳列されているのはみんな私とは接点のない生活用品なのである。私もそれらをまじまじとは見ないし、生活用品のほうでも私にアピールしてこない。

無関係の人との会話に似ている。たとえばバス停で、エレベーターのなかで、知らない人といっしょになる。黙っているのがふつうだけれど、「今日も暑いですね」などと向こうが声をかけてきたりすると、「本当ですね」などと答える。「夕方から雨らしいですけどね」なんて言ってみたりする。「え、そうなんですか」と相手も答える。

おたがいに、無意識下で、敵意がないことを伝えようとして、会話がはずんだりもする。でも別れてしまえばそれきりで、相手の顔も覚えていないし、今日が暑かろうが雨だろうがどうでもよくなっている。でも、悪い感じはしていない。気持ちのいい会話と、それをうまくこなせた自分に、むしろにこにこしていたりする。

そんなふうにして、私もシンセレホと別れた。仕事で会った人たちのことは、この先もずっと思い出すだろう。けれども、私となんの接点もないこの大きな町のことは、何年か後に忘れてしまうだろう。町の名前すら忘れてしまうかもしれない。そのことを、まだ若いときは残念なことに分類していた。今は違う。「用なし」感を味わうことは、じつは非常におもしろい。それこそふつうの旅では、ぜったいに気づかないようにし、認めないようにしている感覚だからだ。

それから、本来なら一生足を踏み入れなかった場所に、今いる、と実感するとき感じるささやかな酩酊《めいてい》も、いつのまにか好きになった。

大好きな町に用がある

いちばん多く旅している国はタイだ。三十代のころ、一度旅した場所は再訪しないと決めていたが、それでもタイは何度もいった。ラオスにいくのにタイを経由したり、マレーシアにいくのにタイから入ったり、タイの、それまでいったことのない島を訪ねたりした。私のパスポートにあまりにもタイの出入国スタンプが多いので（しかも陸海空とさまざまに）、何かよからぬ目的があるのではないかと疑われ、成田空港の税関で荷物をぜんぶ調べられたこともある。下着の入った袋や、化粧ポーチまで開けて調べながら、「なんでこんなにタイの出入りが多いの」と税関の人に無表情で訊《き》かれた。「好きだからです」と答えたが、納得はしてもらえないようだった。

でも、本当に好きだったのだ。ただひたすらに好きで、だから、近隣の国にいくのにもわざわざタイから出向いたのである。おそろしいことに、私はいまだにタイが好きだ。

二年前の二〇一四年、小説の取材のためにタイにいった。タイを旅していてインスピレーションを得、小説を書いたことはあるが、取材のためにタイにいくのははじめてだった。そのとき私が書いていたのはボクシング小説で、ムエタイのジムを取材にいったのである。

バンコクには二つ、大きなムエタイスタジアムがある。ルンピニスタジアムと、ラチャダムヌンスタジアムである。曜日ごとにどちらかでムエタイの試合が行われている。この二つは私がはじめてタイを旅した一九九一年からあって、当時は、スタジアムのまわりはとにかく治安が悪いから近寄るなと言われていた。ムエタイはギャンブルの対象なので、客も周辺も荒っぽいということだろう。その記憶が強く残り、以後、私はムエタイを見にいこうと思ったことがない。

タイに着いた日、ホテルで今日はどちらのスタジアムで試合があるかと訊くと、ルンピニスタジアムだという。ところがルンピニスタジアムは町なかのルンピニ駅近くから、少し郊外に引っ越したとのこと。「今日はすごくいい試合がある、チケットをここでも売っているから買っていけ」と言われチケットを購入し、その新ルンピニスタジアムにタクシーで向かった。

スタジアムにいくのに、タクシー以外の交通手段はないのだが、予想外にこのスタジアムは遠く、道路は渋滞しっぱなしである。こんなに遠いのならくるのではなかった、と車内では後悔していたのだが、着いて試合を見たらそんなことはすぐに忘れた。スタジアムは真新しく、座席もきれいで、外国人はみなリングに近い一階席しか買えないようである。二階はすり鉢状の立ち見席だが、この立ち見席がものすごいことになっている。満員電車よりさらに混み合った状態で、全員拳《こぶし》を突き上げて何か叫んでいる。試合の合間合間には、両手に札束を挟んだ人が何か叫びながら動きまわり、そうすると立ち見の人の波もざあぁ、ざあぁと動く。ムエタイ賭博《とばく》だとはわかるが、システムはまったくわからない。とにかく異様な熱気である。試合にも度肝を抜かれた。私が今まで見てきたボクシングの試合とは何から何まで異なって、スポーツや競技のようには見えない。闘鶏とか闘犬とかいったものに近いように思えて震え上がった。

この翌日から、毎日ムエタイジムをさがしては訪れた。出発前に調べていたのは二軒のジムで、このあたりにジムがあると地図を覚えていったのだが、その周辺にいっても見つからない。お店や交番で「ムエタイのジムはどこですか」と、ボクシングの身振りで場所を訊いてもみんな「？」という顔をする。ようやく「ああ、ジム」とうなずく人に連れていってもらうと、店と店のあいだの細い路地の先にある。もう一軒も、はたしてこの先に何かがあるのかと不安になるような細い路地をずっと入った先にあった。

そのほかのジムは、現地でさがした。どのジムも本当にわかりづらい場所にあり、バイクタクシーの人に住所を告げて連れていってもらっても、まず見つからない。バイクタクシーの人が周辺の人に訊きまわってなんとかたどり着けるような場所である。

どのジムも、練習は朝七時からと午後三時からと共通していた。早朝にホテルを出てジムを目指し、「見学させてください」とその場でお願いして練習を見せてもらう。ミネラルウォーターをくれたり、私に構えのポーズをとらせて写真を撮ってくれるジムもあったが、写真は絶対NGといういうきびしいところもあった。一時間半から二時間ほどで練習は終わり、私はその後朝食を食べ、次にいくべきジムをさがす。迷いながらなんとかジムを見つけ、場所を確認してから昼食、三時からまた見学。見学を終えてから、新スタジアムよりは近いラチャダムヌンスタジアムを目指す。全試合が終了するのが十時過ぎ、外に出てみると開いている飲食店も屋台もなく、ホテル近くでも見つけられない、ということもあった。ふだんの私なら一食食べ損ねると、地獄の底にへばりついたように絶望するのだが、そんなことも苦にならないのだった。取材がたのしかったのではなくて、タイにいることがただひたすらにうれしかったのだと思う。しかも、タイに「用がある」ということが。

それまで何度も訪れたタイだが、いつだって私には用がなかった。旅というのはそうしたものである。寺院にいくとかタイスキを食べるとか、そうしたことは個人的希望であって「用」ではない。

四十代も後半になって、取材と称する用をこなしながら町を移動していると、まだ若いころの私がふと見えることがある。目をみはり屋台街の奥へ奥へと入っていく私や、タクシーにもトゥクトゥクにも値段をふっかけられたくなくてひたすら歩く私や、路上でバスの路線図を必死に解読している私が、あらわれて消える。その圧倒的な用のない感じ、抱えている暇の膨大さに、あまりに驚いて笑いそうになる。そして、立派に用があって、忙しそうに移動している自分がちょっとだけ恥ずかしくもなる。

地図の話

私は地図といえば『地球の歩き方』だと思う世代である。このシリーズの創刊は一九七九年らしいけれど、私が旅をはじめた九〇年代も、自由旅行者はみんなこのシリーズを持っていた。格安のゲストハウスから屋台まで網羅して紹介してくれるのはこのシリーズしかなかった(と、私は記憶している)。

九〇年代、バックパック旅行が流行《はや》って、どの国にいってもどんな地方の町にいってもたいてい日本人バックパッカーはいた。いや、全世界的にもそういう旅行は流行っていたんだと思う。欧米人のバックパッカーは今も各地で見かけるけれど、当時はもっともっと多かった。そんななかでも、日本のバックパッカーはお金持ちだと思われていた。地元の人からも、ほかの国のバックパッカーからも。その当時はもう崩壊していたけれど、日本のバブル経済の印象を多くの人が持っていたのだろう。

いかにもお金持ちそうなツアー旅行者ばかりでなく、だから、いかにもお金のなさそうなバックパッカーも物盗《と》りに狙われた。『地球の歩き方』を持って歩くな、とバックパッカーのあいだで言われていた。あの独特の色合いの表紙で、「この旅行者はほかのアジア人ではない、日本人だ」とわかり、狙われやすいのだと言う。道に迷っても路上では『地球の歩き方』を取り出さないか、カバーを掛けるかしたほうがいいなどと、まことしやかに言われていた。

あんまりにも人気のガイドブックだったので、悪く言う人も多くいた。地図がでたらめ、とか、連絡先などの情報がいい加減、とか。「地球の迷い方」なんて呼ばれてもいた。旅行者同士の会話から耳に入る悪口を聞いて、本当にこのシリーズは人気なのだなあと思った。どう悪く言ったってみんな持っているのだ。地図がでたらめだなんだと言っても、バンコクはバックパッカーの聖地カオサン通りの裏も奥も先も、ぜんぶ地図入りで書いてあるのは『歩き方』しかなかった。

『地球の歩き方』全盛期は、おそらくインターネットの普及と、バックパッカーの激減によって終わったのだと思う。このシリーズを出していた出版社は、今はまたべつの方法でいろんなガイドブックを出している。ウェブでも展開している。

欧米人がかならず持っているのは当時も今も変わらず『ロンリープラネット』。これはものすごく分厚いけれど、情報量が半端ではない。写真はほとんどないかわり、文字による情報がすごいのだ。バックパック旅行をしていた当時、私は日本語訳を切望していた。

二〇〇〇年を過ぎて、日本語版が出版され、タイを旅するにあたってタイの『ロンリープラネット』日本語版を入手したのだが、あれほど焦がれた情報過多に私はついていけないのだった。けれど読みものとしてものすごくおもしろい。

今、書店にいってガイドブックのコーナーを見てみると、何かに特化したものが多い。『地球の歩き方』もいまだにずらりと並んではいるけれど、目立つ場所に平積みされているのは、もっとお洒落《しゃれ》な本だ。国そのもののガイドブックではなくて、ニューヨーク、ロンドン、台北、ソウル、といった都市だけのガイドブックがやたらに多い。薄いちいさな判の本で、だんぜんお洒落。それから、食事だけ、雑貨だけ、エステだけ、などに特化したガイドブックも多い。ある国の北から南へ移動し続けたり、国境を渡ったり、なんて旅は廃れていて、今は、何か目的を持って特定の場所に向かう旅のほうが多いのだろう。

それが最早《もはや》アナログなのか、それとも今も一般的なのかはわからないけれど、私は今も、旅するときはガイドブックを用意する。そういうものだと思っている。仕事の旅で、自由時間がほとんどないとわかっているときだけ、何も持たずにいくが、そのほかは、どんなに日程の短い旅でもガイドブック持参だ。一、二都市に滞在するだけの旅ならば、私ももう『地球の歩き方』には頼らず、書店の目立つ位置にあるお洒落でかわいいガイドブックを買う。

このイマドキのガイドブックは中身も本当にかわいらしくて、「グルメ」「スイーツ」「ファッション」「インテリア」「エステ系」などの項目に分かれて紹介されていたり、あるいは「お散歩」「カルチャー」「パワースポット」など地区ごとにコース説明などもあったりして、見ていてとにかくわくわくする。中高年齢の私ですら、かわいい雑貨に胸をときめかせたり、ふだんカフェなどいきもしないのに、空想のカフェ巡りをしてしまったり、するのである。

しかし実際の旅にこのガイドブックを持っていくと、不便この上ない。ガイドブックの名誉のためにいえば、それは本のせいではなくて私のせいだ。写真で見ればわくわくしても、やっぱり私は雑貨にもカフェにもスイーツにも興味がないのだし、それらを中心に書かれているガイドブックから、自身に必要な情報をさがし出すのはかえって面倒なのである。と、いうか、私に必要な情報は、そのようなガイドブックにそもそも記されていないことも多い。

それでも旅から帰ってくると、そのガイドブックをうまく使いこなせなかったことを、すっかり私は忘れてしまう。このところ毎年訪れている香港だが、「そろそろ情報が古いから、あたらしいガイドブックを買いにいこう」と書店に赴き、またしてもお洒落でかわいいものを購入し、家に帰って以前のものとまったく同じで愕然《がくぜん》としたことがある。

私にとってやっぱりいちばん使い勝手のいいものは、さんざん使ってきた『歩き方』ということになるのだろう。そういえば、この数年、旅先でこのガイドブックを持っている人を見たことがない。それはやっぱり、ガイドブック持参の旅そのものがアナログでマイナーになったということなのだろう。私ひとり取り残されていくようで、なんだかさみしい。でももっとさみしいのは、ガイドブックどころか日本人旅行者をそもそも見かけなくなったことなのだけれど。

小豆島と私

小豆島《しょうど》を舞台にした小説を書いて、その小説がテレビドラマになったり映画になったりしたおかげで、小豆島と縁ができた。

そもそも私は瀬戸内《せとうち》の島についてまったく何も知らなかった。小説の連載開始前に、その小説の担当者がたまたま取材で小豆島にいってきたと話していたので、「じゃあ私もいってみよう」と思ったのである。近隣の島もいくつか訪ねるつもりだったが、島から島へと移動するのにけっこうな時間がかかることがわかり、小豆島と、あともうひとつ、ふたつの島だけを訪ねる二泊三日の旅になった。

観光タクシーの方に半日観光をお願いした。観光名所も含め、いろんな場所を見せてもらった。島で行われるお祭りや年中行事のことも聞いた。夕方に終了し、礼を言ってタクシーを降り、ホテル近辺を歩いた。ホテルの部屋からは海が一望できた。山のシルエットと湖面のように静かな海がうつくしかった。翌朝も歩きまわった。午後、港にいくバスを待っていると、昨日のタクシーが通りかかり、乗せてくれた。

その一日半で目にしたもの、耳にしたもの、それから嗅《か》いだにおい、すべてが私には初体験だった。島に点在する八十八の霊場やオリーブの木々、棚田や屋外の集会場、電照菊のビニールハウス。静けさ、風の音。醬油《しょうゆ》工場から漂うにおい、ごま油のにおい。何もかもがはじめてで、私は軽い興奮状態にあったのかもしれない。膨大な写真とメモが残っているけれど、何を見ていたのか、何を書き記そうとしていたのか、よくわからない。月日がたつにつれ、どんどんわからなくなる。

この小説の連載が終わり、まずテレビドラマになって、それから映画になった。そのどちらにも、当然ながら小豆島が出てくる。ああ、知ってる知ってる、ここを知っている、と私は思いながら見ていたけれど、実際は、知らないところのほうが多い。私が歩き、写真に撮り、メモし、記憶に残る場所もあるが、そのほかはそれぞれの作り手がさがして選んだ場所だ。でも、どういうわけか私はぜんぶ「知ってる知ってる」と思ったのである。

映画が公開されてから二、三年後、雑誌の仕事で小豆島を再訪する機会に恵まれた。映画の舞台を訪ねる、という趣旨の記事で、実際にロケに使われた場所を歩いた。このときも私は「ああここ、知ってる知ってる」と幾度も思った。それは、かつての

「知ってる」感覚とは違って、「映画に出てきたあそこだ、ここだ」という、映像で実際に見たもののたんなる認知である。そのロケ地である公園も、民家も、海辺も、私にははじめての場所だった。

このときも、泊二日だったが時間的に余裕があって、取材や撮影以外にも散歩ができた。このとき私は「知ってる」感覚が、自分の内に数種類あることに気づいた。シンプルに映像で見て「知ってる」景色。それから、はじめての小豆島で実際に見たから「知ってる」景色。それともうひとつ、「見た」と意識していないのに、非常に強く心に残っていて、だから「知ってる」景色。

いちばん奇妙なのは最後のものだ。たとえば、国道沿いにぽつりぽつりとある商店のひとつ。閉めきったガラス戸の向こうに、手作りマスコットとか、古ぼけた人形とか、プラスチックのコップとか、古着のセーターとか、脈絡ないものが間隔を空けて並んでいる。何屋さんなのかわからないその店先の光景に目をとめた記憶はないのに、それを見て「知ってる」と思う。その光景に、遠くへきたなと思ったことも思い出す。なつかしさがあふれ出す。

土庄港《とのしょう》から続く道沿いに、電気屋さんがあって、その店先にニッパーの置物がある。あの、ビクター(現JVCケンウッド)のトレードマークの、首をかしげている犬だ。

古びているが、汚れていない。取材の合間にぶらぶら歩いていて、この犬を見たときはあまりのなつかしさに泣きそうになった。でも、はじめての小豆島でニッパーを見た記憶がない。でも確実に「知ってる」。しかも、この犬を見て、構想していた小説の芯《しん》ができた、そんな記憶もある。ではそれはなんだったのだろう？　この犬を見て何を思いついたのだろう？　それも思い出せない。

こんな光景が、町を歩いているといくつも立ち上がってくるのだ。

さて、今年もまた小豆島にいく機会ができた。またしても仕事の一泊二日である。高松《たかまつ》から高速艇に乗って、三十分ほどで小豆島の土庄港に着く。今度は私は高松のフェリー乗り場で「なんだここ、知らない」という感覚につかまった。何度もきた土庄港でも「あれ、記憶と違う」と思う。港に降りたって、少し歩いて、ようやく「ああ、知ってる小豆島だ、なつかしい」がよみがえる。そして「知らない」「記憶にない」の正体に気づいた。小説執筆時に、心のなかで思い描いていたフェリー乗り場と、実際の高速艇乗り場の様子が異なったのである。もちろん思い描いたフェリー乗り場は、半分架空だ。さらに、映画で見た港の場面と土庄港が重ならなかったので、「記憶にない」と咄嗟《とっさ》に思った。当たり前だ、映画の港は池田《いけだ》港である。

小説を書いてからは十年がたち、映画を見てからは五年がたつ。実際に目にしたものも、小説を書いていたときに勝手に思い浮かべたものも、映画で見たものも、ぜんぶがますますごっちゃになって、不思議な記憶となって、私を混乱させる。しかしながら心地よい混乱ではある。ほかの場所、ほかの旅では味わうことのできない混乱だからだ。

今回は、町なかのスーパーマーケットを見て「なつかしい」と思った。ここで買いものをしたなと思いかけて、はっとした。自分の記憶だと思っているスーパーの内部、遠くへきたと思ったガラス戸の向こうの店、じっと耳を傾けるニッパー、これらは、私ではなく小説の主人公が見て、何か心に刻んだ景色ではないのか。ここで買いものをしたと思うのも、遠くへきたと実感したのも、ビクター犬を見て何か重要なことを感じとったのも、きっと私ではない。架空の他者だ。

ふだん私は小説と距離をとって書いていて、のめりこんだり感情移入するということはないのだが、自分では気づかないうちに、登場人物という「他者の目」でときおりものを見ていることがあるのかもしれない。そんなことに気づいて、ますます混乱した。

二重にも三重にも、架空も含めて記憶の重なる場所を得たことを私は本当に幸福と思う。

角田光代の旅行コラム

旅と内的変化

若いときの旅と、年齢を重ねてからの旅を比べて、変わったなあとしみじみ思うことはたくさんある。いちばんの変化はやはりコンピュータと携帯電話の普及だ。今は、初めていくような異国の町でも、スマートフォンで地図を見ることができる。まったく土地勘のない、看板の文字も読めない土地で、ホテルやレストランの名前を入力すれば、自分のいる位置とそこまでの道順が出てくる。絶望的なほどの方向音痴である私には、『ドラえもん』という漫画に登場するひみつ道具が現代にあらわれたとしか思えない。そのアプリを使うたびに感動している。

変化はまだまだある。旅行につきものの写真もデジタルになった。ヨーロッパは貨幣も変わったし、アジアのいくつかの国ではICカードの登場で、交通機関の利用が簡単になった。

でもそれらはすべて、私の変化ではなくて、外側の変化だ。その変化に、ついていけなくなりそうなこともあるが、それでもなんとか私もついていっている。

そういう外的変化とは関係なく、私自身のいちばんの変化はなんだろう？　と考えてみる。長旅をする時間的余裕がなくなった、というのがとっさに浮かぶけれど、それもいってみれば外的変化だ。精神的余裕がなくなったのではなくて、仕事や雑事の増加によって時間がなくなったのだから。

一泊千円以下の宿に泊まらなくなった、とか、ぎちぎちに節約しなくてよくなった、というのも、経済的な変化であって私の内的変化とは違う。内的なことでいうならば、私はいまだに日本円で五十円程度をごまかされても、我慢がならない。ときに激昂《げきこう》のあまり泣きながら抗議して取り返したりするのは、二十五年前と変わらない。私自身の変化はあんまりないということか？

いや、あった。もっとも大きな内的変化は、自然の光景を好むようになったことだ。ビーチリゾートではない海辺、ひとけのない山の、木漏れ日が落ちる山道、森のような広大な公園。雪をかぶった山々の尾根、燃えるような紅葉、咲き乱れる名も知らぬ花、大地を這《は》う雲の影。そういうものを見て、気持ちが浮き立ったり静まったり、泣きそうになったり、帰りたくないと思ったりするようになった。よく考えてみれば、これは若いときには想像もできなかった変化だ。

私はずっと自然の光景が好きではなかった。ものすごくきれいだと思う気持ちは、どこか恐怖と似ていて、あまりにも完璧《かんぺき》にうつくしい光景を見ると私は早くその場を立ち去りたくなった。そこまででもなく、ふつうにきれいな光景は退屈だった。それよりも、人がごちゃごちゃいて食べものの匂いの入り交じる、にぎやかな場所が好きだった。泣きそうになり、帰りたくないと願うのは、いつもそういう場所にいるときだった。

その変化は精神的な変化というより、年齢による変化なのだろうと、なんとなく思う。ごちゃついたにぎやかな場所は、三十歳前後の私そのものでもあったのだろう。二十年後に自然に心惹《ひ》かれるようになったのは、自分より、いや人間よりはるかに大きな何かを見たい、向き合いたい、知りたいと思うようになったからではないか。そのような変化に気づいて、なんだか私はうれしかった。

国内旅行音痴

国内をほとんど旅したことがないまま大人になった。二十代のころ、ひとり旅をするようになったが、いき先はいつも国外だった。理由はいくつかある。

観光大国となりつつある（なったのか？）今でこそ、事情は違うと思うけれど、一九八〇年、九〇年代当時、日本はあんまり簡単に旅できる国ではなかった。車の免許がないといけない場所が多い。バス便は一日に二、三本だったり、バスのないところもある。そういう場合はタクシーをチャーターしなければならない。

そしてゲストハウスのような安宿がほとんどない。民宿の宿泊費六千〜七千円は、アジア諸国なら高級ホテルの値段だ。運転免許を持たない私は「国内旅行は高くつく」と思って、その当時はアジアを中心に旅していた。

経験がないと人は学ばない。国内旅行のたのしみ方が、実はいまだに私はわからない。自分でもびっくりするほどの、国内旅行音痴だ。

とはいえ、まったくいかないわけではない。三十代の半ばあたりから、仕事で国内の各地にいくことが増えた。トークイベントに呼ばれたり、展覧会や企画展に招かれたり、文学賞の授賞式があったりする。その地を旅してエッセイを書くという仕事もある。実にありがたい。そういう機会がなければ、私は北海道も九州も、鳥取も福井も岡山も青森も高知も、とにかくどの地域にもどの県にも足を踏み入れることなく五十代になったことだろう。

いったことのない場所はやはりわくわくする。もともと旅は好きなのだ。国内の仕事がくるようになってはじめのころは、あらかじめの予定に一日か二日プラスして、同行者と別れて自由旅行をしていた。しかし、それがうまくできない。

「私には難題すぎる」と思ったときのことを覚えている。私は旭川《あさひかわ》にいて、仕事が終わり、釧路《くしろ》にいこうと思ったのである。その当時、携帯電話やコンピュータはなくて、鉄道駅にいっていき方を調べたのだが、どういうわけだか、私には理解できない。駅員に訊《き》くと、どこそこからどこそこの区間がこの時期は運休だ、だからまず札幌にいってそこから云々《うんぬん》……、と教えてくれるが私には複雑すぎる。

きっと旅慣れている人にならば、複雑でもなんでもなかったろう。しかし私はそこで「釧路にいって何をしようというのだ？」と自分に問うという、旅においてもっとも不毛なことをした。旅というのは、いきたいからいくのであって、「何をしに」などと考えると、とたんにつまらなくなるし、かつ、今いかなくてもいいような気になる。そのときも私は「べつに、釧路で何もすることはない」と結論づけて、旭川でひとり飲んで、翌日に帰ってきた。

以後も、「ここところここにいきたいが、スムーズに移動する方法がわからない」「バスの乗り換えがわからない」「この山を越えて隣の県にいけると書いてあるが、ふつうの靴で登れる山なのかわからない」等々、旅慣れないゆえの難問にぶつかり、その都度「そこにいって何があるのか」と自問して、すべてあきらめ、その町にとどまり、酒を飲んで帰ることを幾度かくり返し、ついに、私は国内旅行音痴だと心底から理解した。

今ではもう、一日二日をプラスすることもない。仕事のスケジュールどおりに動き、空き時間があれば、同行者や現地の仕事相手に案内してもらう。それがいちばんたのしい。

国内旅行でせいぜい私がきちんとやりおおせることができるのは、「飲み屋をさがしてひとりで飲む」ということだけなのである。それで満足なのだけれども。

びろうな旅話

トイレでいちばん驚いたのは、上海を旅したときだ。繁華街の公衆トイレが「こんにちはトイレ」だった。ドアも個室もなく、溝だけが掘ってあり、そこにしゃがんで用を足すトイレだ。

それが一九九〇年代後半。その十年後くらいに旅したときには、北京や上海といった都会で「こんにちはトイレ」を見ることはなかった。しかしどういうわけか、トイレの鍵《かぎ》を閉めない人がたいへん多かった。デパートやレストランのトイレに入ってドアを開けると、人が入っている。

こちらとしては、人が入っていれば鍵が閉まっていて開かないと思っているから、つい開けてしまうのである。そうして中で用を足している人たちは、怒るでもあわてるでもなく、「入ってるけど」というようなことを（たぶん）ごくふつうに言う。開けられること、見られることに、強い拒絶反応がないことに驚いた記憶がある。

しかし最近、この「こんにちはトイレ」を完全に撤廃すべく、中国のえらい人がトイレ革命を行うと少し前に新聞で読んだ。観光地を中心に、個室トイレに替えていくのだそうだ。

昨年（二〇一七年）、インドを旅するほんの少し前に、たまたま、やっぱりトイレ関係のニュースを読んだ。

人口に対してインドのトイレは圧倒的に数が足りないという記事だった。十三億人の人口に対し、五億人がトイレのない家に住んでいるらしい。それで政府はトイレ対策に乗り出したというところまでしか、その記事には書かれていなかった。

インドはブッダガヤとバラナシのみ訪れたのだが、どちらの町でも、また移動中のバスの窓から見ていても、道で用を足す人が多いことにびっくりし、そうしてあの記事を思い出して納得した。トイレがないことがふつう（の場合もある）と知らなければ、ただトイレにいくのが面倒くさい人が多いのかと思っただろう。

そのインドの旅のさなか、私はおなかをこわした。私がもっともおそれている事態だ。トイレ事情のよくない場所で、おなかをこわす。考えるだにおそろしいその事態に陥ってしまった。

その日は慎重に観光スケジュールを組んだ。長距離バスには乗らず、おもに繁華街を歩く。おなか痛い、と思ったら、すぐにレストランやカフェに入れるような場所だけを移動する。とはいえ、思うようにいかないのがおなか事情だ。レストランも、カフェも、なんにもないようなところで急激におなかが痛くなった。

まずい、これはまずい、と私は焦って歩きまわった。こういうときは、たぶん動物的本能がトイレまで導くのだろう、今考えても奇跡のように、なんにもない町なかに駐車場があり、その隅に公衆トイレがあるのを見つけた。心の底から安堵《あんど》し、奇跡に感謝しながら公衆トイレによろよろと走った。

女子トイレの個室のひとつで、女の人が洗濯をしていた。衣類の詰まったバケツを個室に持ちこんで、トイレの水でじゃぶじゃぶ洗っているのである。それどころではないから私は空いている個室に駆けこんでことなきを得た。あまりの安堵に、やっぱり洗濯する女性のことなど気に掛けずにトイレを出て町に戻った。

旅を終えてから、女性がトイレの床にしゃがんで色鮮やかな布地を洗濯していたその光景を、昼間に見た夢みたいに思い出す。

飲み屋街の旅

国内の旅は圧倒的に仕事でいくことが多いので、出版社の人といっしょのことが多い。編集という仕事は、私よりも断然、出張が多いのだろう。みんな、その土地のことをよく知っていて、なおかつその土地の名物料理とそれを食べさせる店をセットで知っている。だれと旅しても、感心してしまう。

おもしろいことに、出版社は違えど、編集という仕事にかかわる人のほぼ全員が、旅先に着くなり、同じことを口にする。タクシーに乗ったらタクシーの運転手さんに、乗らなければ旅館やホテルの人に、あるいはその土地の仕事相手に、かならず訊く。

「飲み屋街はどこですか」と。

たいていの町に飲み屋街がある。これは日本のおもしろい特徴だと思う。どんな町にも飲み屋はあるし繁華街はあるが、おもに飲み屋さんばかりがぎゅっとかたまっている通りだとか地域は、全世界的には、ない町のほうがずっと多い。新宿でいえばゴールデン街とか、北海道でいえばすすきのとか。

その日の仕事を終えて、名物料理を出す店で食事をして、それから教えてもらった飲み屋街にいく。居酒屋やバーもあるけれど、店内の見えないスナックも多い。編集者たちは、無数にある飲み屋の中から嗅覚《きゅうかく》で一軒を選ぶ。

私は旅先で飲むのが好きだけれど、居酒屋にいくのがほとんどで、飲み足りなければ外から店内が見えるバーにいく。ドアが閉まっていて、店内の見えないスナック風の飲み屋さんには、まずいったことがない。

だから編集の人が、嗅覚としかいえない選択基準で「よし、ここにしよう」と言って、ドアを開けるときにはいつもどきどきする。そういう店はメニュウがなかったり、お品書きに値段が書いていなかったりするから、会計時にふっかけられるのではないかとか、実はおもに男性客をもてなす店で、迷惑がられたりするのではないかとか、口やかましい常連客が絡んでくるのではないかとか、いろいろネガティブな想像力を働かせてしまう。

けれどもたぶん編集者の嗅覚というものはたしかなのだろう、一度もへんな思いをしたことがない。スナックであれ、バーであれ。おもしろいなあと思う造りの店も多い。カウンター席にテーブル席、テーブル席にはソファ、というのは一般的だけれど、コの字型のカウンター席しかなくて、お客さん全員が顔を見合わすことになる店とか、スナックなのに山小屋風な内装だとか。ほかですでに飲んでからいく場合が多いから、飲み屋街の店で私はたいてい記憶が曖昧《あいまい》になる。

翌日起きて、前日のことを思い出す。「どこそこで食事をして……のどぐろがおいしかったなあ……その後、飲み屋街にいったんだった……」と、思い出せるのはたいていこのあたりまでで、飲み屋街のどこの、なんという店だったか、もう思い出せない。

ただ、色あせた赤いソファとか、ミラーボールとか、知らない人の歌う演歌とか、レーザーディスクのカラオケセットとか、そんなものが断片的に思い出される。そうしてもっと時間がたつと、各地のスナックの断片が混ざり合って、どこだかまったくわからない場所で飲んだ記憶が、妙にしあわせな旅の思い出として残っている。

【旅ラン1】オランダ：ロッテルダムへ遠乗りしよう

ランニングをはじめてから十年ほどになる。はじめてフルマラソンの大会に出たのが二〇一一年だ。とはいえ、私は走るのが好きではないし、フルマラソンもつらいだけだ。ではなぜやめないのかと多くの人に訊《き》かれる。私自身もそう思う。いやだいやだと思いながらもランニングを続けているのは、こんなにいやだいやだと思っているのに続けられるからだ。逆説的だが、そうなのだ。二〇一一年に参加した大会で、フルマラソンも走れるということがわかったので、以後、つらいとわかっていながら、年に一、二度は必ずなんらかの大会にエントリーしている。

はじめて海外で行われるマラソン大会に出たのは二〇一四年、場所はロッテルダムだ。『人生はマラソンだ！』という、ロッテルダムマラソンを題材にした映画があり、その映画の宣伝にかかわったこともあって、映画配給会社の人と編集者とともに参加したのである。

海外のマラソン大会もはじめてだったが、ロッテルダムという町もはじめてである。町に着き、ホテルにチェックインして外に出るやいなや、居心地のいいところだとすぐさま思った。天気がよくて、寒くも暑くもなく、何より町の空気がのんびりゆったりしているのがいい。カフェのテラス席では平日の昼間だというのに多くの人がビールを飲んでいる。

ふだんの旅だと、それなりにガイドブックを読みこんで、いきたい場所を選び、地図を片手に観光するのだが、今回の目的はマラソン。観光で歩き回れば脚が疲れて大会に差し支えるだろうと思い、ガイドブックを見ることもなく、ただホテル周辺を散策した。

歩かないように、疲れないように、と少々神経質になっているのだが、それでもつい、歩いているだけでたのしくなってしまう。こぢんまりとした町で、町のあちこちに不思議な形のビルがある。観光用の町というより、暮らしの似合う町である。

なぜか唐突に、「ロッテルダムへ遠乗りしよう」という歌が思い浮かび、思い浮かぶとそれが頭の中をループして離れない。子どものころに見ていたアニメ、『あらいぐまラスカル』の主題歌である。しかしそのアニメの原作は、アメリカの小説だったはず。アメリカからオランダまで、子どもがあらいぐまといっしょにいくなんて、遠乗りとはいえ遠すぎやしないか？　可能なのか？　と考えながらも、主題歌の、覚えている部分を口ずさみながら歩いた。

大会当日のスタート前は、前方でロックの生演奏があり、並んだランナーたちが全員大声でそれにあわせて歌うのが感動的だった。中心街から出発するコースは、繁華街を抜け住宅街を走り、後半は広大な公園に沿って走る、アップダウンの少ない道だ。道の両側には町の人たちが並び、声援を送る。ゼッケンに名前が書かれているので、それを見て、「ミツヨ！」と多くの人が声を掛けてくれ、その瞬間だけつらさも吹き飛び、スピードもほんの少し速まる。

じつに気持ちのいいコースで、私のタイムも通常よりずっとよかった。このときは意識しなかったけれど、観光の旅とはまるで違うランの旅に私は魅了されてしまったようである。何より、見たことのない景色に目を奪われることで、マラソンのつらさが（微々たるものにせよ）軽減されるのがすばらしい。こうして以後、私のなかに、旅＋ランというカテゴリーがあらたにできてしまったのである。

ところで、帰国してから『あらいぐまラスカル』の主題歌を調べてみたら、遠乗り先はロッテルダムではなくてロックリバーだった。「ロッ」の二文字しか合っていなかった。

【旅ラン2】フランス・ボルドー：世界でもっとも幸福な大会

ワイン好きならだれしもが耳にしたことのあるマラソン大会がある。それはフランスのメドックマラソン、通称ワインマラソン。給水所で水を飲むように、ワインを飲みながら走る大会だ。私も幾度か聞いたことがあったけれど、酔狂な大会があるものだと思う程度で、さほど興味を持たなかった。

けれども自分が走るようになり、大会も幾度か出るようになると、だんだん気になってくる。ワインを飲みながら走るってどんなふうに？　倒れたりしないのか？　なんだかちょっといってみたい……。

そして二〇一五年九月、二泊四日という超のつく弾丸日程で、メドックマラソン大会に出ることにした。いざ出るとなって調べてみると、知らないことがたくさんあった。この大会には毎年異なるテーマがあり、出場者はそのテーマにそった仮装をするらしい。そして英文の健康診断書の提出が義務づけられている、というのもはじめて知った。

二〇一五年の大会テーマは「盛装」。私は走るのが得意なランナーではないので、重いもの、暑いもの、動きにくいものを着るのはまず無理だ。やむなく法被とちょんまげカツラを用意してメドックに向かった。

大会当日、まだ暗いうちにホテルを出てスタート地点であるポイヤック村に向かう。明るくなってくると、周囲の異様さがわかってくる。大勢の人でごった返し、みなただ歩いたり、道ばたでストレッチをしたり、道路沿いのカフェで朝ごはんを食べたりしているが、全員仮装姿。タキシードもいる、ウェディングドレスもいる、民族衣装の大群もいる、スパイダーマンもマリオもピエロもいる。みんな笑顔。知らないもの同士いっしょに写真を撮ったり、歌い出したりしている。

そしてスタート。スタートから二キロの地点で朝ごはんが配られている。ボルドー名物のカヌレやクロワッサンがふるまわれている。三キロ地点で早くも給水所ならぬ給ワイン所がある。驚いたのは、プラスチックのコップではなく、きちんとしたワイングラスで赤ワインが提供されていることだ。

その後も次々と給ワイン所がある。各シャトーが敷地を開放し、テーブルを用意してワイングラスを並べているのだ。生バンドが演奏しているシャトーがあったり、シャトーのスタッフらしき人たちのロックバンドがあったり、シャトーも様々だ。

最初から飲んでいたらどこかでぶっ倒れるだろうと思った私は、二十キロ地点まで飲むのを我慢して走った。二十キロを過ぎて最初の給ワイン所は、広大な敷地のシャトーだった。門をくぐるとうつくしい緑の芝が広がり、遠くに、真っ白いクロスを敷いたテーブルが並び、その上には無数のグラスワインが日射しを受けて光っている。白昼夢のごとき光景だ。やっと飲める。

テーブルに近づくと蝶《ちょう》ネクタイのギャルソンが赤ワインのたっぷり入ったグラスを手渡してくれる。隣にいたランナーが満面の笑みで私のグラスにグラスを合わせる。あちこちでドレス姿が、ペプシマンが、海賊が、にこにこ顔でワインを飲んでいる。目が合えばみんな笑顔で、ワイングラスを持ち上げる。なんて幸福な光景なんだろう!

しかし道はつらかった。シャトーの周囲に広がるのはぶどう畑。道は砂利敷きで狭く、しかもアップダウンが多い。しかも雨まで降ってきた。男ばかりか女まで、じつに多くの人がぶどう畑に入っていって用を足している。ぶどう畑が彼方《かなた》まで広がり、遠くにまさに城のような建物が見える光景は、童話に登場するようにうつくしいのだが、とにかくつらい。とぼとぼ歩いていると、後ろから来たランナーが「アレー!」

と肩を叩《たた》いて励ましていく。

みんななんて元気なのだろう。私より飲んでいるのに。

三十五キロを過ぎたあたりで、牡蠣《かき》が配られる。ひとりで三個も四個も食べても大丈夫なくらいの大量な牡蠣だ。このポイントだけ、ワインは白。この牡蠣が前菜なのである。四十キロを過ぎるとメインのステーキが登場し、みんな群がって食べている。切り分けられた肉を手づかみで食べるのだが、このステーキの塩気がちょうどよくておいしい。さらにその先ではデザートのぶどうが配られ、ようやくあと一キロだ……というところで、アイスバーが配られていた。雨もいつの間にかやんでいる。

それにしてもスタートからゴールまで、どんな光景を切り取っても、仮装姿の大人たちは笑顔、笑顔で、なんと幸福な大会なんだろうと感動する。

翌日、帰国するための空港で、無料新聞を手に取ると、昨日のマラソンの様子が四ページくらい写真入りで特集されていた。ぶどう畑を走る様々に奇天烈《きてれつ》な格好の、いい大人たち……あんなに感動したのに、写真を見れば、すごく変だという感想しかもてなかった。

【旅ラン3】スペイン・マドリッド：マラソンは旅するいいわけ

自分の小説のスペイン語版が出たとき、マドリッドの文学イベントに招かれた。さらにもう一冊スペイン語で出版されたときは、バルセロナのイベントに呼んでもらった。この二回ですっかり私はスペインに魅了され、ことあるごとに、スペインにいく理由はないだろうかと考えるようになった。理由などなくてもいくのが旅というものなのだが、休みも取れない多忙さのなかで「いきたいからいく」のには、なんとはなしに罪悪感がつきまとう。

マドリッドマラソンにエントリーしたのは、ただマドリッドにいきたかったからだ。いわばスペイン旅行のいいわけ。

さてそのマラソンであるが、スタート地点は中心街のシベーレス広場。プラド通りにランナーの列がずらり並んでスタートの号砲を聞く。そこから東京の丸《まる》の内《うち》のようなオフィス街を進む。

このマラソン大会はロックンロールマラソンという名称で、その名の通り、沿道のそこここにブースがあり、いろんなバンドが演奏している。だれもが知っている世界的ヒット曲なんかを演奏するのだろうと想像していたが、どのブースでもスペインでは有名なのだろう曲を演奏したり歌ったりしている。しかもロックっぽくない。二十キロ地点手前くらいから中心街に戻ってきて、このあたりは走りながら観光もできてちょっとたのしい。

スペイン広場や王宮、数々の教会などに見とれているとつらいことも少し忘れる。沿道で応援してくれる人も多くなり、みな「バモス！」「アレー！」とランナーに向かって叫んでいる。ある人は、おそらくそれだけが知っている日本語なのだろう、「ありがと！　ありがと！」と私に向かって真顔で叫んでくれて、こちらこそありがたくて泣きそうになってしまった。

後半は、とてつもなく大きな公園をふたつ抜けていく。この公園が本当にうつくしくて、気持ちよさそうで、心底たのしそうに遊ぶ家族連れの姿がたくさんあって、体はとてもつらいのに心は和む。しかし後半は、いったいだれがコースを考えたのかと本気で怒りたくなるくらいの長い長い上り坂。

ようやくのゴールはまたしても町の中心に戻り、お洒落《しゃれ》なサラマンカ地区を通ってレティーロ公園だ。ゴール地点にいるスタッフたちが、こぞってハイタッチをしてくれる。

前の日はセーブして飲んだので、この日はとことん飲もうと決めていた。地下鉄のアントン・マルティン駅とセビーリャ駅の中間あたりに、飲み屋がずらりと並ぶ通りがあって、そこではしご酒をするのをたのしみにしていた。

ところが、一軒目に入った店で頼んだカヴァが、どうもするすると入っていかない。というよりも、飲んだり食べたりするのがおっくうなくらい体が重い。しかしそこで二杯飲み、飲み屋通りへと向かった。ものすごく人で賑《にぎ》わっている一軒があるのだが、そこは立ち飲み屋である。立って飲み食いできる気がしない。

テーブル席のある店に入り、ワインとともにタパスをいくつか頼んでみても、おいしいとは思うのに、たくさん飲み食いできない。ふだんフルマラソンのあとは飲んでも飲んでも飲み足りないし、食べても食べてもおなかが空《す》いているのだが、この日は、疲れすぎていて、飲むより食べるより、横になりたい。これじゃ、ただ走りに来ただけじゃないか！　と本末転倒の後悔がこみ上げる。

やっぱりマドリッドは走るより、飲みに来たほうがいいんじゃなかろうかと思いながら、それでも三軒はしごした。

【旅ラン4】兵庫県：民話のなかを走る

兵庫県の香美町《かみちょう》は、日本海側の町だ。縁があってこの町を題材にしたエッセイを書くことになり、蟹《かに》の季節に訪れた。エッセイを書くには、異なる季節にも来たほうがいいと考えていたところ、毎年九月に、「村岡《むらおか》ダブルフルウルトラランニング」という大会が香美町で行われていることを知った。

その町を知るには、もちろん何度も旅をするのがいちばんいいけれど、でも、カメラも荷物も財布も持たず、自分の脚だけで走ると、別の意味でもっとよくその町を知ることができる、と、ここ最近の旅ランで実感した私は、その大会にエントリーしてみた。

四十四キロ、六十六キロ、八十八キロ、百キロの部がある。私はもちろん四十四キロ。それだって、今まで走ってきた距離より約二キロ多い。

村岡地区の山田《やまだ》体育館というところが四十四キロ走者のスタートだ。参加者には熊よけの鈴がプレゼントされ、にわかに不安になる。いったいどんなところを走るのか……。

スタート後、しばらく平坦《へいたん》な道を走ったのちには上り坂が延々と続く。いつまで上りが続くのかとうつろな気持ちで走り、ときどき歩き、ああ、このマラソンはこうして山を越えていくものなのだな、と理解する。トレラン（トレイルランニング）という名称が使われていないのは、アスファルトの道が多いからだろうか。

十キロ地点を過ぎるとやっと下り坂になり、下りきったところに民家や商店や銀行があり、大きなエイドステーションがある。ここで配られているおにぎりが、見るからにおいしそうなのでひとつもらって食べたところ、目がくらむくらいのおいしさ。ついもうひとつ食べようとする私の耳に、「すぐに大仏さんのところでおはぎがもらえるから」「そうだね、ここは我慢しておこう」というランナーたちの会話が入った。何？　おはぎ？　おにぎりにのばした手を引っ込めて、おはぎに向かって走る。

またしても上り坂を進むと、世界最大級といわれる三大仏があることで有名な長楽《ちょうらく》寺《じ》がある。広大な敷地の奥に大仏殿があり、金箔《きんぱく》を貼られたものすごい大きさの大仏が並んでいる。

大仏殿の一角にデパートの食堂よろしくテーブル席が並び、ランナーたちが座ってお茶を飲み、おはぎを食べている。これか、と私も席に着く。ボランティアの高校生らしき若い子たちが、即座にお茶とおはぎを持ってきてくれる。光り輝く大仏の下で、汗だくのランナーたちが大勢テーブルに着きお茶を飲みおはぎを食べている、これは異様な光景である。異様ながら、忘れがたいいい光景でもある。

そこから私の懸念の通り、山を上って下って、するとまた山があらわれて、それを上って下って、ということをくり返すコースである。

上り坂はきつすぎて走れず、ほとんど歩いてしまうのだが、それにしても周囲の光景が息をのむほどうつくしい。まるで自分が民話の世界に入りこんでしまったかのようだ。遠くに折り重なる山の尾根、その山を覆う様々な種類の緑。ところどころに見える民家の屋根と、何か燃やしているのか、そこからたなびく煙。緑だったり、薄茶色だったり、色を変えながら続く田んぼ。雲が動くと、その田んぼに映る影も静かに這《は》う。商品名を書いた看板も、コンビニエンスストアも、ひとつも見当たらない。なんと完成された世界だろうと思った。そんな、民家すらない道を走っていると、ふと角からカートを押して歩く老婦人があらわれて、「がんばってな」と笑顔を見せて、それもまた、現実味がなく、民話のなかにいる感覚を強める。

マラソン大会は、日本だけでなく世界的なブームで、いろんな大会に各国からのランナーが参加しているが、このうつくしい里を走る村岡の大会こそ、外国人旅行者に参加してほしいと走りながら思った。はじめて見るのになつかしい、こんなにも日本的な光景を知ってほしいと、自分のふるさとでもないのに思ったのである。

熊には遭遇せずに完走できたが、四十四キロのアップダウンは本当につらかった。もういやだ、二度と走るものかと思いながら帰ってきた。しかし日がたつにつれ、エイドステーションで食べたおにぎりをどうしてももう一度食べたい思いが募ってくる。走りに、ではなく、おにぎりを食べに、またエントリーしてしまいそうでこわい。

ふたたびの旅

かつてひとり旅をくり返していた二十代から三十代にかけて、私の旅のルールは「一度旅した国は再訪しない」だった。世界は広くて、私には時間的にも経済的にも限度だらけ。同じ地を再訪するより、訪れたことのないところにいこう。そう思っていた。

そのモットーを捨てたのは、四十歳になってからだ。仕事でかつて旅した土地にいくことも増え、そうしていってみると、十年、十五年ぶりに訪れるその土地を、知っているなどとはとても言えないことに気づいたのだ。再訪どころか、まったく未知の、はじめて旅するような場所としか、思えない。

それをまざまざと思い知ったのは、ニューヨークだった。二〇〇八年、拙著『対岸の彼女』の英語版が出たときに、その宣伝活動として、ニューヨークとシアトルを訪れた。いくつかの大学を訪れ、日本文学を勉強する学生たちと話したり、トークイベントをしたりした。

ニューヨークは二十二歳のときに旅した。そのときは十九年ぶりの再訪だった。仕事で会う人たちや、レストランなどで、ニューヨークははじめてかと何度も訊《き》かれ、「十九年前に来た」と答えながら、その答えの馬鹿馬鹿しさに内心で呆《あき》れていた。

何ひとつ覚えていない。と、いうよりも、ものすごく変わったのだ。私のずっと住んでいる東京だって、十九年の歳月を経て訪れたら、「どこだ、ここは？」となるだろう。しかも二十二歳の私はたった一週間、びくびくと限られた場所だけを移動していただけ。覚えているはずがないのだ。

ニューヨークがこの十九年でもっとも変わったのは、安全さだろう。かつてのガイドブックには立ち寄ってはいけないエリアや、地下鉄で降りないほうがいい駅などが書かれていた。地下鉄も落書きだらけで、乗るだけで緊張した。ところが、ある時期にニューヨークは激変した。まったくべつの町かというくらい、安全な町になった——と、これはニューヨーク在住の友人から聞いた。

仕事の合間の空き時間に、町を歩いた。通りの両側に背の高いビルが建ち並び、だから車道や歩道が日陰になっている、その感じが、歩いているとだんだん懐かしいように思えてきた。まったく見も知らぬ町なのに、公園のベンチや、博物館の入り口が、昔の記憶と重なるような気もしてくる。二十二歳のあのときは、なんと心細かったのかと思い出す。そしてなんともの知らず——いや、旅知らずだったのか。お金がなくて、レストランの値段が異様に高く感じられて、しかもチップの計算がうまくできなくて、だんだんレストランに入るのがおっくうになり、中華街にいったり、デリで惣《そう》菜《ざい》を買ってきてホテルで食べたりした。

何がおもしろいのかまったくわからないまま、でも、旅の興奮だけは感じていた。十九年後、ニューヨーク在住の日本人とアメリカ人編集者がともにいてくれるから、食事で困ることはなかった。評判の店に連れていってもらい、チップの計算もやってもらった。おいしくて、たのしかった。二十二歳の自分がかわいそうに思えてくる。この町は、この町に住む友だちや知り合いがいないと、それからちょっとばかりお金がないと、たのしめないんじゃないかな、と言ってあげたくなる。あ、それから、美術だとか建築だとか、演劇だとかダンスだとか、何かしらに興味がないと、やっぱりおもしろくないんじゃないかな、とも。

再訪する旅は、若くて、今よりも輪をかけたほどの無知で、びくついたみっともない自分とも再会してしまうらしいと、この十九年ぶりのニューヨークで私は知ったのだった。

スリランカ：町も私も変わった

はじめてスリランカを旅したのは二〇〇〇年。直行便がなく、マレーシアで乗り換えて、まずキャンディに入り、アヌラーダプラ、ヌワラ・エリア、ゴールを経由してマータラ、コロンボ、という大移動の旅だった。当時はゲリラによる武装闘争がさかんで、コロンボは至るところで道路が封鎖され、チェックポイントが設けられていたが、それ以外の町はのんびりとして、危険などまったく感じないのどかさだった。

この旅のさなかに、「スリー・パーダ」という、願いをかなえてくれる聖地があると知り、私はそこを訪れた。さらに南端部のマータラを訪れた際、その東に「カタラガマ」という、スリー・パーダと肩を並べる聖地があると知った。そこまで巡礼の旅をするという家族連れに教えてもらったのだ。そこもいきたかったのだが、日数的にかなわず断念した。

その当時私は三十代の前半で、お金を節約しながら旅していた。主義主張によるものではなく、必然的に貧乏旅行をせざるを得なかった。泊まるホテルは千円以下。移動は長距離バスと乗り合いバス、鉄道。タクシーはもちろん使えない。

二十日間、そうして節約旅をして、帰国前にコロンボで贅沢《ぜいたく》をしようと思った。あとは帰るだけだからもうお金は使わない、だから、千円以下のゲストハウスではなくて、豪勢なホテルに泊まろう。町の中心にある豪勢なホテルは、見るからに貧乏なバックパッカーも嫌がらずに泊めてくれた。ホテルのロビーでは結婚式の撮影をしていた。さすが豪華ホテル、と思った。

十六年後の二〇一六年、正月明けの休みに夫と二人でスリランカを旅した。ふだんはホテルを予約しないのだが、コロンボ着が夜中だったので、前もって町なかのホテルを予約しておいた。きちんとした値段のホテルを予約していたのに、着いてみると、いかにも安宿の風情。

貧乏旅行をせざるを得なかった若き日を思い出し、「もうこんなホテルには泊まりたくなかったのに」と思いながら寝て、悪夢を見た。どうやら私は、若いころに安宿に泊まりすぎたせいで、四十半ばごろから安宿アレルギーが出るようになった。薄汚い、窓のない、あっても開かない、開いても隣のビルしか見えない、バスタブもない、あってもカビていて、シャワーの水量も少ない、そういう部屋だと、夜に決まって悪夢にうなされる。今回のホテルはそこまでひどくはなかったのだが、でも、悪夢を見るほどにはぼろかった。

翌日チェックアウトして向かったのは、かつていきそびれた聖地、カタラガマである。列車でゴールまでいき、そこからバスでティッサマハーラーマまでいった。食堂も数軒しかないような田舎町だが、近くにヤーラ国立公園があるから、観光客向けの立派なホテルがいくつかある。ほっとした。

スリランカは多民族国家で、信じる宗教も異なる。だからスリー・パーダも、カタラガマも、どの宗徒も信じられるようになっている。その聖地では、仏教もキリスト教もヒンズー教もイスラム教も混じり合っていて、だから、全国からだれもがそこを目指すのである。

カタラガマ神殿はティッサマハーラーマからバスで三十分ほど。土着神とヒンズー教と仏教とキリスト教、現在はイスラム教も混じった聖地である。カタラガマ神は、悪事であっても願えばそれをかなえてくれるという。たしかに聖地だけのことはあり、ものすごい数の人が神殿に向かっている。私たちも人でぎゅう詰めの神殿で礼拝に参加して祈りを捧《ささ》げた。

カタラガマ詣《もう》でのあとは国立公園のサファリツアーをして、コロンボに帰った。コロンボにはチェックポイントはもうない。新しいビルがたくさんできていて、お洒落《しゃれ》な若者が集うようなエリアもある。町の中心にそびえるヒルトンホテルが、十六年前とは町が大きく変わったことを告げている。しかしながら、市場や下町、至るところにある寺院を訪れると、十六年前の記憶がくっきり浮き上がってくるほど、変わっていない。

そして何より驚くのが、人の親切さがまったく変わらないこと。スリランカの人たちはこちらが戸惑うくらいやさしくて面倒見がいい。正しいバスをさがすのにずっとつきあってくれる人もいれば、疲れ果てて道に座りこんでいる私たちに、「だいじょうぶか、迷ったのか、どこにいきたいのか」と話しかけてくれる人もいる。十六年前の私も、そんなふうに助けられ、親切を受け取りながら旅したのだった。

さて、帰ってから、十六年前の旅のノートをひっぱりだして、当時の食事、値段、町のあれこれを読み返し、今回の旅と比べてみた。変わっていることは驚くほど変わっているし、変わっていないことはまったく変わっていない、そのことを確認するのが意外にたのしい。

そしてあることに気づいて驚愕《きょうがく》した。私が悪夢を見たあの安宿然としたホテルは、三十代の私が「最後だから」と精一杯奮発して泊まった豪華ホテルと同一だった。ホテルがはげしく老朽化したのか、三十代の私がはげしく貧乏だったのか、十六歳年を重ねた私がはげしく変わったのか……。

エジプト：悠久の町と、私のなかの悠久

大学を卒業した一九八九年、女友だちとエジプトを旅した。二人でツアーに参加したのだ。エジプトにいきたい、というのは彼女の希望で、私はどこかにいけるならどこでもよかった。そもそもエジプトに何があるのかわからない。ピラミッドくらいは知っているが、じゃあピラミッドとはなんなのかと訊《き》かれても答えられない。無知すぎて、興味の持ちようがないのだった。

私たちが参加したのは、最少催行人数が決まっていて、添乗員さんがついて、観光バスで移動するような、典型的なツアーだった。ひとりで参加していた男性もいたし、四人で参加していた若者グループもいた。

この旅行の記憶はひどく曖昧《あいまい》だ。でもたぶん、もっとも一般的な日程だったのだと思う。ルクソールをまわってアスワンにいって、カイロに戻ってくるような。移動はバス、プロペラ機、夜行列車と多様だった。

記憶が曖昧なのは、自動的にあちこちに運んでもらうツアー旅行だったからだろうけれど、もっとも大きな理由は、私の興味の問題ではなかろうか。二十二歳の私はエジプト的なものになんの興味も持っていなかった。ルクソール神殿もアブ・シンベル大神殿も、たいした違いはなく思えた。そもそも興味がないからびっくりしたり目を見張ったりするようなこともなく、添乗員さんの説明も聞いたって頭に入らなかったのだろう。

私が興味があったのは、遺跡よりも町だった。バスの窓から見る、喫茶店のテラスにたむろして水パイプをふかす男の人たちや、ロバで荷を運ぶ少年だった。それとバザール。バザールは、観光客向けだとわかっていてもたのしかった。

二十年後の二〇〇九年、雑誌の仕事でナイル川クルーズに参加することになった。アスワンからルクソールを船で二泊三日かけてゆっくりゆっくりと進み、ルクソールからカイロまでは飛行機で飛ぶ。ルートは違えど、見るものは二十年前とほぼ変わらない。

じつは今も私は遺跡のたぐいにはほとんど興味がなく、どの地を旅しても、わざわざ遺跡を見にいくことはまれだ。二十代のときにこの嗜好《しこう》はもう決定されていたのだと、ある感慨を持って思う。私はいまだに、遺跡史跡より、市場やごくふつうの町なかのほうがずっと好きだ。

それでも、二十年後に案内してもらう神殿や、ルクソールは断然おもしろい。古代の人々の死生観、宗教観に思いをはせ、壁のレリーフの説明に二千年前と今とを重ね合わせる。そうしたものに興味を持つことができ、さらにあれこれ考えを広げられるのが、加齢のいいところである。

ところで、おそらく以前訪れた有名な遺跡巡りや町歩きをしながら、無意識に二十年前の記憶とすりあわせようとしている自分に気づいて、私は笑い出したくなった。今から二千年、三千年も昔に造られ、修復されたり発見されたり移動したりということもあったにしても、それでもやっぱりとてつもなく長い時間存在するものを前に、二十年など、一瞬すぎないか。そこに変化をさがす私って、卑小すぎないか。そんなふうに思ったのである。

しかしながら、どーんと目の前にある、「時間」そのもの、というような光景に比べれば、私の生きる時間もまた、取るにたらない小さなものだ。そう考えるとさらに感慨も深まる。

旅のラスト、カイロにいって私は驚いた。記憶は曖昧ながら、二十年前の町に若い女性の姿はたくさんは見られなかった。よく見かけるのは男性連れ、子ども連れの女性で、みな民族衣装を着てスカーフで顔を隠していた。ところがなんと多くの女性たちが町にあふれているのだろう。民族衣装の人もいるが、若い人たちはジーンズ姿も多い。これはたしかに大きな変化に思えた。

仕事の旅だったので、食事はいつも通訳兼ガイドさんのおすすめレストランにいっていたのだが、最後の日、私は彼に「食べたいものがある」とリクエストをした。町のどこでも見かける国民食コシャリを、庶民的な店で食べたかったのである。「えっ、そんなものを食べたいの？」とガイドさんに不思議がられながらも、食堂に連れていってもらった。

テーブルにクロスの掛かったレストランより、屋台の食べものを好むのは、二十代のはじめからそうだ。たかだか三十年だが、私のその部分は変わらず、この先も変わる気がしない。

単行本版あとがき

二〇一四年から『スイッチ』という雑誌で、連載をはじめた。この連載のなかで私は幾度も、時代とともに旅が変わったと書いているけれども、二〇一四年からたった数年でも、どんどん旅のスタイルは変わっているのだろう。ガイドブックなど用意しなくても、携帯電話に内蔵されているアプリで地図もおすすめレストランもわかるし、交通手段のチケットも予約できて、携帯電話のアプリでタクシーを呼ぶ。トラベラーズチェックなどはとうになくなり、現金さえ使わない町や場所がある。たった二十数年前は、ガイドブックをぐるぐるまわして目的地をさがしたり、どの飲食店がおいしいか必死で見きわめたり、どんな写真が撮れたのかわからずにシャッターを切っていたりしたのに、そんなことも、どんどん忘れていく。

私は異様にこわがりで、自分で計画したというのに見知らぬ国に出かけていく前から憂鬱《ゆううつ》になり、飛行場から町にいくのもどきどきして、電車に乗るのもバスに乗るのもびくびくして、その地の流儀が少しわかるまでは、不安で不安で仕方なかった。あれは、まさに未知、何もわからなかったからだ。

今はそんなにこわがることはない。はじめて降り立つ場所は不安だけれど、あんなふうにどきどきびくびくはしなくなった。世界はどんな場所でも以前より未知ではなくなった。今はいかようにも知ることができる。知ってからその場所に向かうことができる。それから、世界はもっと秩序だって、わかりやすくなったとも思う。

そして同時に、得体の知れない恐怖もまた、蔓延《まんえん》するようになった。旅の計画を立てて、今不安になるのは、何かだまされるのではないか、スリに遭うのではないか、睡眠薬強盗に遭うのではないか、などという牧歌的なものではない。いや、ネガティブな私はそういう不安もいまだちゃんと感じるけれど、予測不可能な、個人的理解も超えているような、無差別の人々が対象の事件があらたな恐怖となった。こういう恐怖は、二〇〇一年より前は存在しなかった。

以前よりもっとわかりやすく、全体的にソフトになった世界と、いつどこで何が起きるかわからない恐怖の世界は、パラレルワールドとして同時に存在している。私たちはそのパラレルワールド両方に足を踏み入れて旅しなければならなくなった。

林芙美子《はやしふみこ》は列車を乗り継いでパリにいき、金子光晴《かねこみつはる》は船で上海に旅立った。私はそういう「昔の」旅に焦がれるほど憧《あこが》れて、書かれた言葉の向こうに、今はけっして味わえない旅を見たけれど、二十代の自分の旅が、私自身にとってもうすでに「昔の」旅になってしまった。シンプルで牧歌的で、垢抜《あかぬ》けない未知の世界の旅は、過去にしかない。あんなふうに、一方ではどきどきびくびくとあたりをうかがいながら、一方では理解できない恐怖におびえることなくのんきに、迷いながら、怒りながら、人と出会いながら、ときどき泣きながら、不便にたえながら、旅することは、きっとこの先二度とないだろう。そう思うと、下手くそでさえなくて貧乏たらしい若き日の自分の旅さえ、泣きたくなるほどなつかしい。

しかしながら、じつに三十年近く旅をするなかで、ようやくわかった私にとっての「旅の醍醐味《だいごみ》」は、世界がどんなに複雑になっても、未知ではなくなっても、パラレルになっても、垢抜けても、変わることがない。一泊二日の旅でも、一週間の旅でも、旅にさえ出れば、たいていそれは見つけられる。私の旅の醍醐味は、旅しなければぜったいに会うことはなかった人と、ほんの一瞬でも笑い合えたり、言葉を交わしたり、笑みにも言葉にもならない何かを交換したり、することだ。そんなちっぽけなことが私にとっての旅の醍醐味で本当によかった、と今思う。二十四歳のときの旅と何ひとつ変わらない宝が、いともたやすく手に入るから。そしてそれは私の内でなくならず、同じ強度でこれからの旅に誘い続けるのだ。

文庫版あとがき

たった二年である。新型ウイルスのニュースが広まり、パンデミックと認定されたのが二〇二〇年三月。夏には、いや一年後には、おさまるのではないかという多くの人の期待もむなしく、未だコロナウイルスは終息していない。このたった二年間で、どのくらいの多くのことが変わってしまったことだろうか。

雑誌『スイッチ』に『大好きな町に用がある』を連載させていただいていたのが、二〇一四年からほぼ五年間。単行本にしていただいたのが二〇一九年。それを読み返していて、いったいこれはいつのことだったんだろうと、遠い昔を思うような気持ちになった。

二〇二〇年の一月、正月休みに、短い日数でホーチミンを旅した。一九九八年に私はベトナムを旅していて、そのとき以来、二十二年ぶりのホーチミンだった。町は大がかりな工事をしていて、そのためにうまく全容がつかめず、それにくわえて二十二年前の景色と重なるところがまったく見つけられないくらいさまがわりしていて、さみしいような、たのもしいような気持ちを味わった。

その後、二〇二〇年の二月には仕事で北京に、三月にはミャンマーにいくことになっていた。北京もミャンマーも、それぞれ、出発予定日の数日前に中止が正式に決定された。だから二月以降、私は旅をしていない。緊急事態宣言があけた期間には仕事が入って、国内を移動はしたけれど、旅を目的とした旅、休暇に計画するような旅は、していない。国外に出たのも、あのホーチミンいきが最後だ。

三十年以上、旅とともに暮らしてきた。小説が書けなければ旅に出て、失恋すれば旅に出て、そのうち旅に出ないと気持ちが圧迫される感じがして、自分を救い出すために旅に出て、呼ばれてうきうきと旅に出て、いいわけを用意してまで旅に出て、いきたくない場所にでも「旅」だからまあいいか、と思って旅に出てきた。こんなふうに、自在にどこにもいけない日がやってくるなんて、今まで一度も想像したこともなかった。

それでも不思議なことに、どこにも旅することなく、私はごくふつうに暮らしている。もちろん、泣きたくなるくらい旅がしたいなあと思うこともあるけれど、それだけだ。ごくふつうに仕事をして、家で酒を飲んで、映画を見たりテレビを見たりして、暮らしている。人に会ったときに、「えっ、海外のどこにも旅していないんですか」

と訊《き》かれることがあったが、その質問がかえって不思議だった。どこの国に自由にいけるのか、そもそも私は知らない。もしかして深刻な旅中毒だったら、帰国後の隔離期間も覚悟の上で出かけていくものなのかもしれない。

いろんな考えかたの人がいるので、パンデミックをものともせずに旅をしている人たちもいる。そういう人たちを見ても話を聞いても、悪感情はもちろん抱かないし、うらやむこともない。空港ががらがらだったと聞けば、へえ、そうなんだ、そんな空港は今まで見たことがないよなあ、と思うし、政府のキャンペーンでこんなにお得な旅ができたと聞けば、そういうことに詳しくてすごい、えらい、と思う。キーッ、私も旅をしたい、とはなぜかちっとも思わない。その理由はなんとなくわかる。旅というのはあまりにも個人的なことだと私は知りすぎているのだ。友人にとっての百パーセントたのしい旅が、私にとって同じだけすばらしいものだとはかぎらない。はたまた、何が得か損かということも、旅においてはまったく異なる。五万円の宿に五千円で宿泊できることは、たしかにお得ではあるが、宿泊しないと損失であると万人が考えるわけではない。

旅をしなくても、私はごくふつうに暮らしていけるものなんだというのは、ひそかに衝撃的な発見でもあった。

どこにもいかない日々のなかで、ときどき、光景が、ぱっ、ぱっ、ぱっ、と浮かんでは消えることが増えた。どこともわからないくらいの、なんでもない光景だ。塀からあふれるようにして枝を伸ばす木、咲きこぼれる紫の花、その木が歩道に作る濃い影。石畳の細い階段と、その両脇のガラス張りの飲食店。砂浜に点在するビーチチェアとパラソル、沖合に見える小島。駄菓子屋の軒先で、ソフトクリームを買うために列になった子どもたち。通り過ぎざま覗《のぞ》いた路地の奥で、翻っているたくさんの洗濯物。本当になんということのない、でもこの目でたしかに見た、いくつもの光景が、順不同に、あふれ出すように浮かび上がって消えていく。それらはあまりにもなんでもなさすぎて、何も旅先でなくても、自宅から仕事場に向かう徒歩十五分の道のりでも見られそうなものではある。

けれども、ふいにあらわれるそれらの光景は、やっぱり何か違う。それはだれかの日常であって、私の日常ではない。そこに在るものだけ切り取れば、飲食店や木々や石段など、私の日常でもなじみ深いものばかりだけれど、天気や湿度やにおい、聞こえる音や日射しの角度、その光景が含む時間の流れが、やっぱり私には非日常なのだ。

脳内でフラッシュバックされる、そうした非日常の光景に、場所も時期も思い出せないまま、しばし時間を忘れて見入り、ふと、自分が旅に求めるものの根っこの部分を、あらためて知った気がした。

私はずっと、未知のものに触れたくて自分は旅をするのだと思っていた。そこにいかなければ見られない景色、味わえないもの、出会えない人、それらを求めて、いったことのない場所をめざすのだと思っていた。もちろんそれもたしかにあるけれど、もっと切実に私が求めているのは、そんなことよりはるかにちっぽけなことだ。私の日常ではない、だれかの日常に、一瞬でもいい、ただ身を置きたい。私ではないだれか、生涯言葉を交わすこともないだれかが、毎日見て嗅《か》いで味わって、当然すぎてその存在も感じなくなっている風景に、ほんの一瞬、入りこみたい。なぜそんなふうに思うのか、なぜそんなことを求めるのか、わからないけれど、でもたしかにそうした強くて深刻な欲求が、気づけばずっと以前から私のなかにあった。

そういえば、どこにも旅のできないこの二年間、都内のあちこち、かつてからよく歩き、見慣れた町々の一角で、そこがまったく知らない町に見えて、かすかな旅の高揚を味わったことが幾度かあった。だれかの日常にまぎれこむことができないから、無意識に、見知った町並みを他人の目でとらえようとしていたのかもしれない。私の日常だって、ほかのだれかにとっては非日常であるのだから。

このごろ友人たちと、海外旅行にいけるようになったらどこにいきたい？　と訊き合うようになった。どこだろう、と考えに考えて、ぱっと思い浮かぶのは、台湾や香港やバンコクやタイの島、何度もいった町だ。え、そんなに近くの旅でいいの？　と何人かに言われて、気づいた。

これは人と似ている。大好きなのに、なかなか会えなかった人たちと、落ち着いたら会おうね、ごはん食べようね、わいわいと飲もうね、と言い合っていたし、今もまだ、そう言いながら会えていない人もいる。まず真っ先にその人たちに会いたい、元気かどうかたしかめて、会わないあいだにおたがいどんなことがあったのか、ゆっくり話したい。台湾や香港やタイにいきたいというのは、そんな気持ちと似ている。幾度も親しく通った旅先も、やっぱり私にはとても近しい非日常なのだ。

二〇二一年十二月十四日　　　　角田　光代

本書は、スイッチ・パブリッシングより二〇一九年二月に刊行された単行本に、ウェブサイト「サライ.jp」に二〇一八年三月から五月に発表された「角田光代の旅行コラム」を加え、文庫化したものです。

大《だい》好《す》きな町《まち》に用《よう》がある

角《かく》田《た》光《みつ》代《よ》

令和4年 2月25日　初版発行
令和5年 6月15日　再版発行

発行者●山下直久

発行●株式会社KADOKAWA
〒102-8177　東京都千代田区富士見2-13-3
電話　0570-002-301(ナビダイヤル)

角川文庫 23039

印刷所●株式会社KADOKAWA
製本所●株式会社KADOKAWA

表紙画●和田三造

●お問い合わせ
https://www.kadokawa.co.jp/（「お問い合わせ」へお進みください）
※内容によっては、お答えできない場合があります。
※サポートは日本国内のみとさせていただきます。
※Japanese text only

ISBN 978-4-04-111620-3　C0195

◆◇◇

角川文庫発刊に際して

角川源義

第二次世界大戦の敗北は、軍事力の敗北であった以上に、私たちの若い文化力の敗退であった。私たちの文化が戦争に対して如何に無力であり、単なるあだ花に過ぎなかったかを、私たちは身を以て体験し痛感した。西洋近代文化の摂取にとって、明治以後八十年の歳月は決して短かすぎたとは言えない。にもかかわらず、近代文化の伝統を確立し、自由な批判と柔軟な良識に富む文化層として自らを形成することに私たちは失敗して来た。そしてこれは、各層への文化の普及滲透を任務とする出版人の責任でもあった。

一九四五年以来、私たちは再び振出しに戻り、第一歩から踏み出すことを余儀なくされた。これは大きな不幸ではあるが、反面、これまでの混沌・未熟・歪曲の中にあった我が国の文化に秩序と確たる基礎を齎らすためには絶好の機会でもある。角川書店は、このような祖国の文化的危機にあたり、微力をも顧みず再建の礎石たるべき抱負と決意とをもって出発したが、ここに創立以来の念願を果すべく角川文庫を発刊する。これまで刊行されたあらゆる全集叢書文庫類の長所と短所とを検討し、古今東西の不朽の典籍を、良心的編集のもとに、廉価に、そして書架にふさわしい美本として、多くのひとびとに提供しようとする。しかし私たちは徒らに百科全書的な知識のジレッタントを作ることを目的とせず、あくまで祖国の文化に秩序と再建への道を示し、この文庫を角川書店の栄ある事業として、今後永久に継続発展せしめ、学芸と教養との殿堂として大成せんことを期したい。多くの読書子の愛情ある忠言と支持とによって、この希望と抱負とを完遂せしめられんことを願う。

一九四九年五月三日

角川文庫ベストセラー

幸福な遊戯　角田光代

ハルオと立人とわたし。恋人でもなく家族でもない者同士の共同生活は、奇妙に温かく幸せだった。しかし、やがてわたしたちはバラバラになってしまい――。瑞々しさ溢れる短編集。

ピンク・バス　角田光代

夫・タクジとの間に子を授かり浮かれるサエコの家に、タクジの姉・実夏子が突然訪れてくる。不審な行動を繰り返す実夏子。その言動に対して何も言わない夫に苛つき、サエコの心はかき乱されていく。

あしたはうんと遠くへいこう　角田光代

泉は、田舎の温泉町で生まれ育った女の子。東京の大学に出てきて、卒業して、働いて。今度こそ幸せになりたいと願い、さまざまな恋愛を繰り返しながら、少しずつ少しずつ明日を目指して歩いていく……。

愛がなんだ　角田光代

OLのテルコはマモちゃんにベタ惚れだ。彼から電話があれば仕事中に長電話、デートとなれば即退社。全てがマモちゃん最優先で会社もクビ寸前。濃密な筆致で綴られる、全力疾走片思い小説。

いつも旅のなか　角田光代

ロシアの国境で居丈高な巨人職員に怒鳴られながら激しい尿意に耐え、キューバでは命そのもののように人々にしみこんだ音楽とリズムに驚く。五感と思考をフル活動させ、世界中を歩き回る旅の記録。

角川文庫ベストセラー

恋をしよう。夢をみよう。旅にでよう。　角田光代

「褒め男」にくらっときたことありますか？　褒め方に下心がなく、しかし自分は特別だと錯覚させる。ついに遭遇した褒め男の言葉に私は……ゆるゆると語り合っているうちに元気になれる、傑作エッセイ集。

薄闇シルエット　角田光代

「結婚してやる」と恋人に得意げに言われ、ハナは反発する。結婚を「幸せ」と信じにくいが、自分なりの何かも見つからず、もう37歳。そんな自分に苛立ち、戸惑うが……ひたむきに生きる女性の心情を描く。

幾千の夜、昨日の月　角田光代

初めて足を踏み入れた異国の日暮れ、終電後恋人にひと目逢おうと飛ばすタクシー、消灯後の母の病室……夜は私に思い出させる。自分が何も持っていなくて、ひとりぼっちであることを。追憶の名随筆。

今日も一日きみを見てた　角田光代

最初は戸惑いながら、愛猫トトの行動のいちいちに目をみはり、感動し、次第にトトのいない生活なんて考えられなくなっていく著者。愛猫家必読の極上エッセイ。猫短篇小説とフルカラーの写真も多数収録！

西荻窪キネマ銀光座　角田光代　三好銀

ちっぽけな町の古びた映画館。私は逃亡するみたいに座席のシートに潜り込んで、大きなスクリーンに映し出される物語に夢中になる――名作映画に寄せた想いを三好銀の漫画とともに綴る極上映画エッセイ！

角川文庫ベストセラー

コイノカオリ
角田光代・島本理生・栗田有起・生田紗代・宮下奈都・井上荒野

人は、一生のうちいくつの恋におちるのだろう。ゆるくつけた香水、彼の汗やタバコの匂い、特別な日の料理からあがる湯気——。心を浸す恋の匂いを綴った6つのロマンス。

運命の恋 恋愛小説傑作アンソロジー
池上永一、角田光代、中島京子、村上春樹、山白朝子、唯川恵、編／瀧井朝世

村上春樹、角田光代、山白朝子、中島京子、池上永一、唯川恵。恋愛小説の名手たちによる〝運命〟をテーマにしたアンソロジー。男と女はかくも違う、だからこそ惹かれあう。瀧井朝世編。カバー絵は「君の名は。」より。

作家の履歴書 21人の人気作家が語るプロになるための方法
大沢在昌他

作家になったきっかけ、応募した賞や選んだ理由、発想の原点はどこにあるのか、実際の収入はどんな感じなのか、などなど。人気作家が、人生を変えた経験を赤裸々に語るデビューの方法21例！

落下する夕方
江國香織

別れた恋人の新しい恋人が、突然乗り込んできて、同居をはじめた。梨果にとって、いとおしいのは健悟なのに、彼は新しい恋人に会いにやってくる。新世代のスピリッツと空気感溢れる、リリカル・ストーリー。

泣かない子供
江國香織

子供から少女へ、少女から女へ……時を飛び越えて浮かんでは留まる遠近の記憶、あやふやに揺れる季節の中でも変わらぬ周囲へのまなざし。こだわりの時間を柔らかに、せつなく描いたエッセイ集。

角川文庫ベストセラー

冷静と情熱のあいだ Rosso 江國香織

2000年5月25日ミラノのドゥオモで再会を約したかつての恋人たち。江國香織、辻仁成が同じ物語をそれぞれ女の視点、男の視点で描く甘く切ない恋愛小説。

泣く大人 江國香織

夫、愛犬、男友達、旅、本にまつわる思い……刻一刻と姿を変える、さざなみのような日々の生活の積み重ねを、簡潔な洗練を重ねた文章で綴る。大人がほっとできるような、上質のエッセイ集。

はだかんぼうたち 江國香織

9歳年下の鯖崎と付き合う桃。母の和枝を急に亡くした、桃の親友の響子。桃がいながらも響子に接近する鯖崎……〝誰かを求める〟思いにあまりに素直な男女たち＝〝はだかんぼうたち〟のたどり着く地とは――。

ファミリー・レス 奥田亜希子

「家族か、他人か、互いに好きなほうを選ぼうか」ふた月に1度だけ会う父娘、妻の家族に興味を持てない夫。家族と呼ぶには遠すぎて、他人と呼ぶには近すぎる――現代的な〝家族〟を切り取る珠玉の短編集。

行きたくない 加藤シゲアキ・阿川せんり・渡辺　優・小嶋陽太郎・奥田亜希子・住野よる

人気作家6名による夢の競演。誰だって「行きたくない」時がある。幼馴染の別れ話に立ち会う高校生、生徒の愚痴を聞く先生、帰らない恋人を待つOL―それぞれの所在なさにそっと寄り添う書き下ろし短編集。